三四郎

[日] 夏目漱石 著

陈德文 译

广西师范大学出版社
·桂林·

小阅读·经典

一

他从意识朦胧之中醒来的时候，那女子早已和身旁的老爷子攀谈开了。老爷子正是那个从前两站上车的乡下人。三四郎还记得，火车刚要开动时，他嚷嚷着快步跑进来，蓦地脱光了膀子，脊梁上布满了灸过的痕迹。三四郎一直注视着他，直到那老爷子擦干了汗，穿上衣服，挨着女子坐下来。

这女子是从京都上车的。她一上来就引起三四郎的注意。她给人的第一个印象是皮肤黝黑。三四郎从九州转乘山阳线火车，渐渐接近京都、大阪的当儿，他看到女子的肤色次第变得白皙起来，自己不知不觉地产生了远离故乡的哀愁。因此，这个女子一走进车厢，他心里就想到，这回有了一位异性的同伴了。就其肤色来看，这女子属于九州人。

她和三轮田家的阿光姑娘肤色一样。离开故乡之前，只觉得阿光是个讨人嫌的女人，身旁没了她，实在叫人庆幸。可是现在想来，像阿光这样的人并不可厌。

单从脸型上看，眼前这女子标致多了。紧紧抿着的嘴唇，水灵灵的眼眸，前额也不像阿光那般宽大，看上去让人很舒服。因此，三四郎每隔五分钟就要抬眼瞧瞧这个女子，有时候，他俩的目光会不期而遇。老爷子在这女子身边落座的当儿，他更是久久地凝神注视着女子的神态。当时，她嫣然一笑，"好的，请坐吧。"说罢就给老爷子让座。过一会儿，三四郎有些困倦，便睡了。……

看样子，在他睡觉的时候，女子和老爷子就聊开了。三四郎睁开眼，默默地倾听两个人的谈话。女子说到这样一些事——

论起小孩玩具，还是京都的比广岛的又好又便宜。她到京都办点事儿，下车后顺便到蛸药师[1]买了一些玩具。好久没有回乡了，这次回去见见孩子，真叫人高兴。不过，她是因为丈夫中断了汇款，不得已才回娘家的。所以心里老是不踏实。丈夫从前长期在吴市[2]的海军里供职，战时[3]到旅顺去了。打完仗曾一度回来过，听说那边能挣钱，不久又到大连谋生。起先常有信来，月月都汇钱，所以日子还算好。谁知这半年信和钱都见不到了。他不是个浪荡人，倒也能叫人放心，可自己总不能坐吃山空呀。因此，在未打听到丈夫的确切消息之前，她出于无奈，只好回乡间等候。

老爷子看来不知道什么蛸药师，对玩具也没有兴趣，开始

1　祭祀药师如来的永福寺，位于京都闹市新京极。
2　广岛西南海滨城市，是著名的军港。
3　指 1904 年到 1905 年的日俄战争。

时只是哼哼哈哈地应和，等到那女人谈到丈夫去旅顺之后，他立即产生了同情，说那太可怜了。他还提到自己的儿子在战争中也被拉去当兵，终于死在那边了。他不懂为啥要打仗，打完仗日子能好过些倒也罢了，可是自己的宝贝儿子死了，物价也涨了。还有比这更蠢的事情吗？世道太平，谁还会出外谋生呢？这都是战争造成的！不管怎样，要有信心，这很要紧。他肯定活着，在干事哪。耐着性儿等些时候，他保准会回来。——老爷子说着，不停地安慰那女人。不一会儿，火车靠站了，老爷子向那女人打了声招呼，要她多多保重，就腿脚麻利地下车了。

随着老爷子一起下车的有四个人，可是只上来了一个。车厢里本来就不挤，这回更冷清了。也许天快黑了，站上的职工踩着车厢顶篷点亮了油灯。三四郎想起了什么，他拿出前一站买的盒饭吃起来。

火车开出后约莫两分钟，那女子飘然站起身，打三四郎身旁穿过，向车厢外面走去。此时，女子腰带的颜色方才映入三四郎的眼帘。三四郎嘴里衔着烤香鱼头，目送着女子的背影。他一边不停地吃饭，一边想，她或许是上厕所的吧。

不多会儿，女子回来了。这下子可以从正面观望了。三四郎的盒饭已经快要吃完，他低着头用筷子使劲扒拉了两三口，可那女子似乎还没有回到原来的座位上。"她说不定……"三四郎思忖着，猛地抬起头一看，女子果然站在对面。正当三四郎抬眼张望的时候，那女子又迈动了脚步。她从三四郎身边走过去，没有马上回到自己的座位，而是继续向前走了两步，侧过身子，将头伸出车窗，静静地向外面眺望。风猛烈地吹着，她那鬓角上乱蓬蓬的头发引起了三四郎的注意。这时，三四郎把吃剩的空盒子用力向窗外抛去。女子所在的窗口同三四郎旁边的窗口相邻，中间只隔着一列座席。三四郎看到那个迎风抛出去的白色饭盒盖又随风飘了回来，心想，这下子可糟了。他不由得望了望女子的脸，那张脸正好伸向窗外。女子默默地缩了回来，用印花手帕仔细地擦擦额头。三四郎想，还是主动道一下歉更保险。

"对不起。"

"没关系。"女子回答。

她依然在擦脸。三四郎只好闷声不响，女子也不吱声，她又把头伸出窗外。三四个乘客在昏暗的油灯下露出困倦的神色。没有一个人说话，只听见火车发出巨大的轰鸣，向前行驶。三四郎阖上了眼睛。

过了一阵子，三四郎听女子问道："快到名古屋了吧？"一看，她早已转过身子对着他，探着腰，把脸凑到三四郎旁边来了。三四郎吃了一惊。

"这个……"三四郎应了一声。他第一次去东京，什么也不知道。

"照这样看，火车会误点吧？"

"可能要误点的。"

"你也在名古屋下车吗？……"

"嗯，下车。"

这趟列车只开到名古屋，所以这样的会话也很自然。女子一直坐在三四郎的斜对面，好长一段时间，只听到火车的轰鸣。

列车停靠下一站时，女子终于又开口了。她想麻烦三四郎一件事，说到达名古屋以后，一个人怪害怕的，想请他帮忙找个旅馆。女子执意相托，三四郎也觉得这是应当的，但他不愿一口应承下来。因为他和这女子毕竟是素昧平生，这使他颇费踌躇。然而他又没有勇气断然拒绝，所以只好支支吾吾地应付了一阵子。说着说着，火车到达名古屋了。

大件行李都已办好托运到新桥的手续，尽可以放心。三四郎只拎着一个不太大的帆布提包和一把阳伞出了检票口。他头上戴着高中学生的夏帽，只是把帽徽摘掉了，作为毕业的标志，白天看上去，那地方还留有新鲜的印记。女子跟在后面，三四郎戴着这顶帽子总有些不大自在，然而他也无法可想。不用说，在女子眼里，这帽子只是一顶普普通通的脏污的帽子。

火车本应九点半到站，结果晚了四十分钟，现在已经过了十点了。因为是夏季，大街上还像天刚黑时一般热闹。眼前有两三家旅馆，只是在三四郎看来，太阔绰了，只好不动声色地打这些灯火通明的三层楼房前通过，然后信步前行。在这个人生地不熟的地方，到哪里去呢？他当然无从知晓，只是一味奔着暗处瞎闯。女子一声不吭地跟着他，不一会儿，走到一个比较僻静的横街口上，看到第二家门口挂着"旅馆"的招牌。这是一块龌龊的招牌，看来这里对三四郎和那女子都很合适。三四郎稍稍回过头去，向女子问了一声："这里行吗？"女子回答："挺好的。"便打定主意直往里走。他们刚来到房门口，还没有来得及声明一下"两人不是一起的"，就听到一连串的招呼："欢迎……请进……带路……梅花轩四号……"两人不得已，只好默默跟着那人一起走进梅花轩四号。

女侍去端茶的时候，他们只是茫然地相向而坐。等女侍端茶进来，请客人入浴时，三四郎已经没有勇气声明这女子不是和他一起的了。他拎着手巾，说了声"我先洗"，就向浴室走去。浴室在走廊尽头厕所旁边，那里黑乎乎的，看样子很不干净。三四郎脱去衣服，跳进澡桶，寻思了一会儿，心想，这女子真成了累赘了。他哗啦哗啦正在洗澡的当儿，走廊上响起了脚步声，好像有人上厕所，不一会儿又出来。接着就是洗手。等一切都完了，忽然，浴室的房门吱呀一声打开了一半。那女子在门口问道："要搓背吗？""不，用不着。"他拒绝了。女子没有离开，反而走进来了。她宽衣解带，看起来是想和三四郎一同入浴，一点也不觉得难为情。三四郎猝然跳出澡桶，草草地擦了擦身子，回房去了。他坐在座垫上，惊魂未定，女侍拿着住宿登记簿进来了。

三四郎接过登记簿，规规矩矩地写上："福冈县京都郡真崎村小川三四郎，二十三岁，学生。"轮到那女子了，他不知所措，心想等她出浴回来再说，可那女侍一直在旁等候。三四郎迫不得已，只好胡乱写上："同县同郡同村同姓，名花子，二十三岁。"然后交差了事。接着频频地摇着团扇。

不久，女子回来了。

"实在有些失礼啦。"她说。

"没什么。"三四郎回答。

三四郎从提包里掏出本子记日记，可又没啥好写的。看他那表情，要是这女子不在身旁，或许可以大书特书一气。于是，女子说要出去一下，便离开了房间。三四郎越发无心记日记了，他猜想，这女子到哪儿去了呢？

女侍来铺床，只抱来一条宽大的被子。三四郎告诉她一定要铺两张床才行。她说，屋子太窄，蚊帐又小。总也听不进去，看来她是嫌麻烦。最后她说，老板眼下出门去了，等他回来问一声再拿来吧。说完硬是把一条被子填满整个蚊帐，走开了。

此后，又过了半刻，女子回来了，说了声："太晚啦。"然后隔着蚊帐在摆弄着什么，不时发出咣啷咣啷的响声，看来肯定是给孩子买的玩具发出的声音。不久，她大概又把包裹照原样包好了，隔着蚊帐说道："我先睡啦。"三四郎回答："好吧。"他一屁股坐到门槛上，一面摇着团扇，心想，干脆就这样熬到天亮吧，可是蚊子嗡嗡地飞来，外面实在受不了。三四郎霍地站起来，从提包里掏出薄棉衬衫和衬裤，贴身套上，外头束上蓝色腰带，然后拿着两条毛巾，钻进了蚊帐。女子还在被子另一头的角落上摇着团扇。

"对不起，我生来讨厌盖别人的被子……还得设法避避跳蚤，请原谅。"

三四郎说罢，把事先特意空下来的另一半被子向女子这边卷过来，床铺正中形成一道又白又长的隔挡。女子翻身朝里睡了，三四郎将两条毛巾接在一块儿，在自己的领地上铺个长条儿，然后直挺挺地躺在上面。这天晚上，三四郎把手和脚都收拢在这条狭窄的毛巾上，未曾向外越出一寸。他和女子没有搭一句话，女子面向着墙壁，也是一动不动。

天总算亮了。女子洗完脸坐下吃饭的时候，微微一笑，问："昨夜里没有跳蚤吧？"

"嗯，谢谢你，托你的福。"三四郎一本正经地回答。他低

7

着头，只顾从小碟里捡腌咸豆吃。

结完账，走出旅馆，来到火车站时，女子才告诉三四郎，她打算乘关西线火车到四日市去。不一会儿，三四郎乘的这班车进站了，女子还要再等些时候，她送他到检票口。

"给你添了不少麻烦……一路顺风。"她客客气气地行了礼。三四郎一手拎着提包和阳伞，一手摘下那顶旧帽子，只说了一句："再见。"

"你呀，真是个没胆量的人啊。"她的口气十分平静，说罢微微一笑。

三四郎觉得好像被什么人推上月台一般。他走进车厢，两只耳朵一阵燥热，好大一会儿，缩成一团，没有动弹。不久，乘务员吹响了哨子，那响声从长长的列车的这一头传到那一头。列车启动了，三四郎悄悄地从车窗探出头去，女子早已不知去向了，唯有站上的大钟十分显眼。三四郎又悄悄地回到自己的座位上。车上的人很多，但谁也没有注意到三四郎的举动，只是坐在斜对面的一个男子，在三四郎回到自己位子上的时候，瞥了他一眼。

三四郎经这男的一瞥，似乎有些不大自在。他想看书，以便调节一下心绪，打开提包一看，上面被昨夜用过的毛巾塞得满满的。他用手扒开一道缝儿，从底层随便抽出一本，原来是看也看不懂的培根[1]著的论文集。培根的这本书装帧粗糙，三四郎本不打算把这书带到火车上阅读，因大件行李实在装不下，索性同其他两三本书一同放在提包最底层了，不巧一手摸

---

[1] Francis Bacon（1561—1626），英国政治家、哲学家和文学家，倡导科学方法论和经验论，著作有《随想录》等。

到了它。三四郎打开培根这本书的第二十三页。他对别的书都不感兴趣，当然更无心阅读培根的书了。然而，三四郎还是恭恭敬敬地翻到了第二十三页，从头到尾一遍又一遍地瞧个没完。三四郎一边装作看书，一边回想起昨夜发生的事。

那女人究竟是什么人？世上有这样的女人吗？大凡女人，都是这样沉着冷静、心安理得的吗？这是出于没有教养，还是胆大妄为，或者是天真无邪呢？总之，自己未能深入进去亲身体味，就不敢妄自断言。还是应该下决心体验一番啊，不过那也够怕人的。临别时，女人笑他没有胆量，倒使他大吃一惊。他感到两三年来的弱点一下子暴露出来了，连生身父母都没有一语道破过哩……

想到这里，三四郎更加颓唐了，仿佛遭到一个来历不明的家伙一顿愚弄，羞惭得抬不起头来。即使面对着培根这本书的第二十三页，也觉得惶愧不安。

现在想来，那副惊慌失措的样子大可不必，哪里还谈得上读大学、搞学问呢？可是这是关乎人格的大问题，总得有个对付的办法才好。不过，对方老是那样亲热，自己是受过教育的，除此之外还有什么更好的办法呢？他感到今后不能随便接近女人，他没有那样的勇气，非常困窘，简直就像一个先天不足的废人。然而……

三四郎立即改换了心情，想起另外一些事情——这次到东京去上大学，接触名流，和品学兼优的学生交往，在图书馆钻研学问，从事著述，受到社会的赞扬，母亲欢天喜地……他漫无边际地想象着未来的情景，大大地振奋了精神。他觉得再也没有必要将脸孔继续埋在第二十三页书里了。他轻松地抬起头来，这时，坐在斜对面的那个男子又看了看三四郎。三四郎也回望着他。

那男子长着浓密的胡须，瘦长面孔，看起来像个神官[1]。然而那副直直的鼻梁倒像是西洋人。在学校读书的三四郎一见到这样的人，肯定把他当成教师。这人穿一件白底碎花的衣服，里边配着整齐的汗衫，脚上套着蓝色的布袜。从服饰上推测，三四郎断定他是中学教员。三四郎前程似锦，在他眼里，总觉得这男子没有什么出息。此人四十上下，看来没有什么发展前途了。

男子频频吸着香烟，鼻孔里冒出长长的烟雾，抱着膀子，显得十分悠闲自得。可他不时地站起来，一会儿上厕所，一会儿去别的地方。他每次站起来，总要使劲伸伸懒腰，看来太无聊了。邻座那个乘客把看过的报纸搁在一边，男子也无心借来看看。三四郎未免有些奇怪，他合上了培根的论文集。他本想掏出一本别的小说来正儿八经地读一读，因为太麻烦，只好作罢。他想向前面那个乘客借来报纸看看，不巧那人正呼呼大睡。三四郎一边伸手拿报纸，一边对着那个长着胡子的男子明知故问：

"这报纸没人看吗？"

"想是没人看了，你拿去看吧。"男子显出无所谓的样子。三四郎手里拿着报纸，反而有些不好意思。

打开报纸，上面没有什么值得一读的内容。他用一两分钟很快浏览了一遍，然后叠好，又放回原处。他向那男子稍微点

---

1 主管神社祭祀的人。

点头，对方也轻轻地还了礼。

"你是高中生吗？"那人问。

三四郎知道那男子是注意到自己旧帽子上的徽章的痕迹了，心中感到非常高兴。

"嗯。"他回答。

"东京的？"

"不，是熊本。……不过……"说罢，他沉默了。

三四郎本想说明自己马上就要读大学，但又觉得没有这个必要，于是克制住了。

"哦，是吗？"对方应了一声，又吸起烟来。他没有再继续问，熊本的学生为啥要到东京去。他似乎对熊本的学生不感兴趣。

这时，三四郎前面那个正在睡觉的乘客冒出一句："怪不得。"不过那人确实睡着了，并非是自言自语。长着胡子的男子望着三四郎嘿嘿地笑了。三四郎趁机问道：

"您到哪里？"

"东京。"

他只是慢悠悠地说出了两个字。不知怎的，他越来越不像中学教员了。然而有一点是明确的，凡是乘三等车的都不是什么大人物。三四郎不再同他交谈了。长着胡子的男子抱着膀子，用木屐的前齿时时敲打着地面，发出笃笃的响声。看来他是那样无聊，不过，他的这种无聊只是因为不愿开口罢了。

火车抵达丰桥时，那个睡觉的乘客腾地站起来，他一边揉搓着眼睛，一边下车了。他醒得不早不晚，看起来是那样准时。三四郎担心他睡迷糊了，下错了站。从窗口向外一望，绝非如此，那人太太平平地通过了检票口，完全是个头脑清醒的人。三四郎这才放心地把座位调到对面去，这回和长着胡子的男子坐在一处了。那人换了一下位置，把头探出窗外去买水蜜桃。

不一会儿，他把水果放在两人之间。

"你不吃一个吗？"他问。

三四郎说声"谢谢"，吃了一个。长着胡子的男子看来很喜欢，他狼吞虎咽地吃着，并劝三四郎也多吃些。三四郎又吃了一个。两人吃水蜜桃的当儿，变得分外亲密起来，山南海北地谈开了。

那男子说，桃子在水果中最富有仙人气质，它带有不寻常的味道。首先，桃核的样子显得很笨拙，而且到处是坑洼，长得滑稽可爱。三四郎第一次听人说起这种事儿，他感到这简直是信口雌黄。

那男子还谈起这样一件事，他说子规[1]很爱吃水果，而且有多少能吃多少。有一回吃了十六个潷过的大柿子，吃完没一点事。他说自己到底比不过子规。三四郎笑呵呵地听着，看来他对子规的故事倒是挺感兴趣。三四郎真希望他能再多谈点子规的事儿呢。

"大凡看到爱吃的东西，总要伸手去拿，这有什么办法呢？像猪什么的，虽然没有手，却长了个鼻子。假如把猪捆起来不让它动弹，在鼻子前面摆着好吃的食物，据说正因为它的身子动弹不得，所以鼻子能够越伸越长，一直伸到可以够到食

1　正冈子规（1867—1902），著名诗人，原名常规，别号獭祭，主办过《杜鹃》杂志。

物为止。看来，没有比专心致志更了不起的啦。"他说罢嘿嘿地笑了。他的话叫人很难判定是正经话还是开玩笑。

"幸好咱俩都不是猪，否则见到好东西一个劲儿伸长鼻子，那连火车都无法乘了。喏，多伤脑筋。"

三四郎扑哧笑出声来，可对方依然十分沉静。

"说起来也真够危险，有个叫作列昂那多·达·芬奇[1]的人，曾经做过这样的试验，他把砒霜注射到桃树的树干里，看毒素是否渗进果实里了。结果有人吃下桃子中毒死了。[2]真危险，一不注意就要发生危险啊！"

他一边说，一边把随处丢弃的桃核、果皮一起包在报纸里，揉作一团儿扔到窗外。

这时三四郎再也没有心思发笑了。他听到列昂那多·达·芬奇这个名字心里有几分敬畏，而且一想起昨晚那个女子，更有好大的不快，于是审慎地沉默不响了。然而对方丝毫没有注意这些。过一会儿，他问三四郎：

"你到东京什么地方？"

"我初次来，情况不太熟悉……眼下想先到学校的集体宿舍去。"

"这么说，熊本那边……"

"我是今年才毕业的。"

"哦，是这样。"那男子既不表示祝贺也不表示赞赏，"马

1　Leonardo da Vinci（1452—1519），意大利文艺复兴时期美术家、自然科学家、工程师。

2　此事出于俄国诗人、小说家梅列日科夫斯基（Merezhkovsky，1865—1941）的小说《诸神复活》。

上就要上大学啰?"

"是的。"三四郎有些不悦,只是随口应和了一下。

"什么专业?"那人又问。

"一部。"

"是法律吗?"

"不,文学。"

"哦,是这样。"

三四郎每听到"哦,是这样"这句话时,总有些不解。他想,对方可能是个了不起的人物,根本不把自己放在眼里。不然,那就是个和大学完全无关、毫无感情的人。由于三四郎很难判定他究竟属于哪种类型,所以对这个男子的态度也显得极不明确。

两个人在滨松车站不约而同地吃完了饭,这时火车还没有开。从车窗向外一看,四五个洋人在列车前面走来走去。有一对像是夫妇,大热天里还那么手挽着手。女的浑身穿着洁白的衣服,煞是漂亮。三四郎有生以来只见过五六个洋人,有两个是熊本高中学校的教员,其中一人命运不济,得了佝偻病。他还认识一个女洋人,是传教士,尖嘴猴腮,活像条柳叶鱼或梭子鱼。眼前这些打扮得时髦而华美的西洋人,不仅很少见,而且显得颇为高贵。三四郎简直看得出了神。他想,他们那样趾高气扬是理所当然的。自己要是到了西洋,夹在这帮人中间,那该有多寒酸啊!有两个洋人打窗前通过,三四郎仔细倾听他们的谈话,一句也不懂,他们的发音和熊本的教员全然不同。

这时,那个男子从三四郎的背后探出头来。

"怎么还不开车呢?"他说罢,朝刚走过的洋人夫妇瞥了一眼。

"嗬，真漂亮!"

他小声嘀咕着，立即打了个呵欠。三四郎觉得自己实在太土气了，赶紧缩回脖子，坐到座位上。那男子也跟着坐下了。

"洋人就是好看嘛!"他说。

三四郎没有说什么，只是顺便"嗯"了一声，笑了笑。

长着胡子的男子接着说："你我都很可怜啊。凭着我们这副长相，这样软弱，即使日俄战争打赢了，成为一等强国，也还是无用。不过，一切建筑、庭园都和这副长相颇为相称。——你第一次去东京，恐怕没见过富士山吧? 眼看就到了，你可得好好看看，那是日本最壮丽的山哪，再没有比富士山更可骄傲的了。但是，这富士山是天地造化，自古就有了的，不是我们凭本事造出来的，有什么好说的呢?"

他嘿嘿地笑了。三四郎没有想到，在日俄战争以后还会碰见这号人。他不像是一个日本人。

"不过，日本也在逐渐发展啊。"三四郎辩解道。

"终归要亡国。"那男子平静地说。

在熊本要是有人说这种话，准得挨揍，弄不好还会被当成卖国贼。三四郎是在单纯的环境里成长起来的，头脑里容不得一点这样的思想。因此他想，对方也许看到自己年幼，故意愚弄人吧。那男子依旧嘻嘻地笑着，说话时的语调是那般悠闲自得，真叫人捉摸不透。三四郎只好不再理他，默默地坐着。谁知那男子又开口了。

"熊本没有东京大，东京没有日本大，日本没有……"他稍稍停顿了一下，看看三四郎的面孔，侧起耳朵等了一会儿，接着说，"日本没有人的脑袋大啊！"他还说，"作茧自缚，终将一事无成；偏爱和护短，反而会使日本裹足不前。"

听到这些话，三四郎觉得自己确实已经离开熊本了。他这时才领悟到自己待在熊本的时候是多么胆小怕事。

当晚，三四郎到了东京。长着胡子的男子直到分手也没有通报自己的姓名。三四郎相信，只要一到东京，这种人一定随处可见，所以他也没有主动打听对方叫什么。

二

　　东京有许多叫三四郎吃惊的事。首先，是那电车丁零丁零的声音引起了他的兴趣。随着丁零丁零的响声，众多的人上上下下，实在使人觉得新奇。其次是丸之内大街。然而更使他吃惊的是，不管走到哪里，全是一样的东京味儿，而且到处都堆放着木材、石头。新的房屋都远离马路一两丈远，古老的仓库只拆除了一半，前半部被精心地保护下来。看样子所有的东西都在继续遭到破坏；同时，所有的东西又都在建设之中。东京发生着巨大的变动。

　　三四郎简直惊呆了，一个普通的乡下人头一次置身于闹市中心，那心情、那感受是多么不寻常啊！自己以往的知识再也无法迫使惊奇的心情冷静下来。三四郎的自信力随着这种激动消失了大半，他闷闷不乐。如果说这些剧烈运动着的事物正是现实世界的本身，那么自己往昔的生活，就同这个现实世界毫无关系了。宛若躺在洞之岭山口 [1] 睡午觉一般，到今天才醒悟过来。要问面对此种变动能否担负起自己的责任，那却是困难的。眼下自己正处在变动的中心，但是只有改变环境之后，能够亲眼看见前后左右的事物发生变动的时候，自己才会过上和以前迥然不同的学生生活。世界如此动荡，自己看到了这种变动，然而却不能投身于这种动荡之中。自己的世界和现实世界排列于同一平面之上，没有一点接触。现实世界在动荡的过程中，将自己抛弃而去，他为此甚感不安。

三四郎站立在东京市中心，眼看着电车、火车、穿白衣服的人、穿黑衣服的人都在不停地运动，心中十分感慨。然而，他对学校生活里蕴含着的思想界的变化却毫无觉察。——从思想界来说，明治时代四十年的历史，重现了相当于西洋三百年间的重大变动。

三四郎禁闭在千变万化的东京市中心，正在独自沉默的时候，接到了故乡母亲的来信。这是他来东京后得到的第一件东西。打开一看，写了好多事情。信一开头告诉他，今年大丰收，可喜可贺。接着叮咛他要注意身体，说东京人刁钻、狡猾，叫他多加小心。学费每月月底寄来，不必挂念。末尾还写道，胜田家阿政有个表弟，听说大学毕业后在某理科大学教书，嘱咐儿子去找他，请他多方照顾一下。看来是把最要紧的名字丢了，只好在栏外空白处又添了"野野宫宗八先生"几个字。此外还告诉他几件事情：阿作的青骢马得急病死了，阿作

1　洞之岭山口位于山城、河内（即京都、大阪）的分界线上。天正十年（1582），丰臣秀吉和明智光秀之间爆发山崎之战，筒井顺庆在该地按兵不动，以图见机行事。借来比喻那种隔岸观火、坐收渔利的行为。

好不伤心；三轮田的阿光送来香鱼，怕寄往东京的中途烂掉，留在家里吃了，等等。

三四郎看着这封信，觉得它仿佛是从远古时代寄来的。他甚至感到无暇细读这样的信，虽然有些对不起母亲。尽管如此，他还是反复读了两遍。总之，如果他接触现实世界的话，眼下除了母亲再没有其他人了。而这个母亲是旧式妇女，又住在古老的乡间。此外就是在火车上遇到的那个女人，她是现实世界的一道闪电，要说那也叫接触，实在过于短暂、过于尖锐了。——三四郎决定遵照母亲的嘱咐，去找那位野野宫宗八。

第二天，天气比寻常更加炎热。三四郎想，现在正值假期，即便找到理科大学去，野野宫君也不一定在。母亲既然没有告诉他的住址，自己不妨去打听一下。下午四点光景，三四郎打高级中学旁边穿过，从弥生町上的那个大门进去。马路上堆着两寸来厚的尘土，木屐、皮鞋、草鞋从上面踏过，留下了清晰的脚印。车轮和自行车的辙痕更是数不胜数。走在这样的路上，实在气闷得难受。一进入庭院看到树木繁茂，心情顿时舒畅多了。他走到传达室一看，房门上了锁，绕到后面去也还不行。最后只好来到边门处，为了仔细起见，他试着推了推，想不到门竟然开了。一个伙计坐在走廊的拐角处打盹儿。他听三四郎说明了来意，为了醒醒神儿，便朝上野的树林子眺望了好大一会儿。

"或许在家吧。"他突然说道。接着便朝里面走去。

这里的环境十分清幽。那个伙计不一会儿又走出来了。

"在家，请进吧。"他说起话来，像个熟友。

三四郎跟着那伙计，经过拐角处，从混凝土的廊子上走下来。这时，视界顿时变得黑暗了，两眼一阵晕眩，像被炎阳照射的感觉一样，经过好半天，眼珠才慢慢适应过来，四周的景象也看得清楚了。这里是地窖，因此比较阴凉些。左面有一扇门，敞开着，里面闪出一张面孔，宽阔的前额，硕大的眼睛，一副佛教僧侣的尊容。他穿着绸布衬衫，外面罩着西装，衣服上沾满了污垢。这人个头高，清瘦的身材和这炎热的气候十分相宜。他把头和脊背连成一条直线，向前边伸着，对客人行礼。

"这边请。"

说罢，他转脸走进室内。三四郎来到门口，向里面张望了一下。这时，野野宫君早已坐在椅子上了。

"这边请。"他又说了一遍。

他所指的"这边"摆着一个台子，用四根方木棍支撑着，上面铺着木板。三四郎在台子上坐下来，因为初次见面，少不了寒暄一阵。然后，他请对方多多关照。野野宫君只是"唔、唔"地听着，他的表情有几分像火车上那个吃水蜜桃的男子。三四郎做过一番表白之后，便无话可说了，于是野野宫君也不再"唔、唔"地应和了。

三四郎环顾屋内，正中央放着一张又长又宽的栎木桌子，上面摆着一件用粗铁丝制作的精巧器具，旁边的大玻璃缸里盛着水，此外还有锉刀、小刀以及丢下的一条领带。最后他朝对面角落一看，见三尺多高的花岗岩平台上，放置着一个装备复杂的器物，有酱菜罐子那样大。三四郎发现罐子的半腰上开了两个洞，像蟒蛇的眼睛闪闪发光。

"挺亮的吧？"

野野宫君笑笑，给三四郎作了如下的说明：

"我在白天做好准备，夜晚等到来往车辆以及其他响动逐渐平静的时候，便钻进这幽暗的地窖，用望远镜窥伺那像眼珠似的小洞，测试光线的压力。这个工作从今年新年起就着手进行了，由于装备颇为复杂，至今尚未得到理想的结果。夏天还比较好过，一到冬季，夜里非常难熬，纵然穿上外套，围上围巾，还是觉得冷彻骨髓……"

三四郎大为惊奇，伴随这种惊奇，他又为自己一无所知感到苦恼。光线会有压力吗？这压力有什么用途？

"你来看一看吧。"野野宫君对三四郎说。

三四郎好奇地走到离石台一丈开外的望远镜旁，把右眼贴近观望了一下，什么也看不见。

"怎么样，看到了吗？"

"一点也看不见。"

"哦，镜头盖还没摘掉哩。"

野野宫君走过来，把罩在望远镜上的一个东西取下来。

这样一瞧，只见一团轮廓模糊的亮光里，有许多尺子一般的刻度，下边有个"2"字。

"怎么样？"野野宫又问。

"看到个'2'字。"

"现在要动啦。"野野宫君边说边扳动了一下。

不一会儿，那些刻度在光团中流动了。"2"字消失，跟着出现了"3"字，又跟着出现了"4"字，"5"字，最后出现了"10"字。然后，刻度往回流动，"10"字消失，"9"字消失，从"8"到"7"，从"7"到"6"，顺次到"1"便停了下来。

“怎么样？”野野宫君又问。

三四郎非常吃惊，他的眼睛离开望远镜，也无心询问那度数表示什么意思。

三四郎很客气地道过谢，从地窖里出来，走到人来人往的地方一看，外面依然骄阳似火。天气尽管热，他还是深深地吸了一口气。西斜的太阳照耀着宽广的坡道，排列着工科专业的建筑，房子上的玻璃窗像熔化了一般放射着光辉。天空高渺，清澄，在这纯净的天际，西边那团炽烈的火焰不时地飘散过来，熏烤着三四郎的脖颈。三四郎用半个身子承受着夕阳的照射，走进了左边的树林。这座树林也有一半经受着同一个太阳的光芒的考验，郁郁苍苍的枝叶之间，浸染着一层红色。蝉在高大的榉树上聒噪不已，三四郎走到水池[1]旁边蹲下来。

四周非常寂静，没有电车的声响，原来通过大红门[2]前面的电车，在学校的抗议下，绕道小石川了。三四郎在乡下时就从报纸上得知了这个消息。三四郎蹲在水池旁边猛然想起了这件事，这所连电车都不允许通过的大学，离社会该有多么遥远。

偶尔走进大学看了看，竟然有野野宫君这类人，半年多一直躲在地窖里进行光压实验。野野宫君衣着朴素，要是在校外相遇，会把他当成电灯公司的一名技工。然而他却欣然以地窖为根据地，孜孜不倦地埋头于研究工作，这实在是了不起的事。诚然，望远镜里的数字不论如何流动，都是和现实世界无

1　位于东京大学校园内，夏目漱石写作《三四郎》一书后，这个水池也随之闻名遐迩，又称“三四郎池”。
2　东京大学的一个通用门，一般指东京大学，现被指定为“国宝”。

关的，野野宫君抑或终生都不打算接触现实世界。正因为呼吸着这种宁静的空气，也就自然形成了那样的心境吧。自己干脆也同这活脱脱的世界斩断一切联系，修身养性，借以了此一生吧。

三四郎凝神眺望着池面，几棵大树倒映在水里，池子底下衬着碧青的天空。三四郎此时的心绪离开了电车，离开了东京，离开了日本，变得遥远和飘忽不定了。然而过了一阵子，一种轻云般的寂寥感渐渐袭上心头。他觉得，这正是野野宫君进入地窖、一人独坐的那种寂寞情怀。在熊本上高中的时候，三四郎曾经登过清幽的龙田山，躺在长满忘忧草的运动场上睡觉。他曾几度将整个世界忘却。然而，这种孤独之感是今天才开始有的。

是因为看到了急遽变动着的东京吧，或者说——三四郎此时脸红了，因为他想起了火车上的那个女人——现实世界对自己毕竟是必要的。但是，他又感到现实世界太危险，令人难以接近，三四郎打算立即回旅馆给母亲写回信。

三四郎蓦地抬头一看，左面的小丘上站着两个女子。女子下临水池，池子对面的高崖上是一片树林，树林后面是一座漂亮的红砖砌成的哥特式建筑。太阳就要落山，阳光从对面的一切景物上斜着透射过来。女子面向夕阳站立。从三四郎蹲着的低低的树荫处仰望，小丘上一片明亮。其中一个女子看来有些目眩，用团扇遮挡着前额，面孔看不清楚，衣服和腰带的颜色却十分耀眼。白色的布袜也看得清清楚楚。从木屐带的颜色来看，她穿的是草鞋。另一个女子一身洁白，她没有拿团扇什么的，只是微微皱着额头，朝对岸一棵古树的深处凝望。这古树浓密如盖，高高的枝条伸展到水面上来。手拿团扇的女子微微靠前些，穿白衣的女子站在后边，距离土堤还有一步远。从三四郎这边望去，两人的身影斜对着。

三四郎此时只感到眼前一片明丽的色彩。然而，自己是乡下人，这色彩究竟如何好看，他嘴上既道不出，笔下也写不出。三四郎一味认定那白衣女子像个护士。

三四郎看得出了神。这时，白衣女子开始走动了，样子颇为悠闲，仿佛无意识地迈动着脚步。拿团扇的女子也跟着走动起来，两人不期而然地信步下了斜坡。三四郎仍然凝望着。

坡下有一座石桥，要是不过桥，可以径直走到理科学院去，过了桥沿着水池可以走到这里来。两个女子走过了石桥。

女子不把团扇遮在脸上了。她手中拈着一朵白花，一边嗅着一边走过来。她把花放在鼻尖上，走路时眼睛往下看。当她来到三四郎前面五六尺远的地方时，顿时站住了。

"这是什么树？"

她仰起脸来。头顶上是一棵大椎树，枝叶繁茂，遮天蔽日，圆圆的树顶一直伸到水池边来。

"这是椎树。"那护士说道。她那副神情就像教导小孩子一样。

"唔，这树不结果吗？"

说罢，她把仰着的脸庞转回来，趁势瞥了三四郎一眼。顷刻之间，三四郎确实意识到那女子乌黑的眼珠倏忽一闪。此时，关于色彩的感觉全然消失了，他心中顿时升起一种不可言状的情绪。火车上的女人说他是个没有胆量的人，三四郎此时的心境同那时候似有相通之处。他感到惶悚不安。

两个女子打三四郎前面走过。年轻的将刚才嗅过的白花扔到三四郎跟前。三四郎凝神望着她俩的背影。护士走在前头，年轻的跟在后边。透过绚丽的色彩，他看到那女子束着一条染有白色芒草花纹的腰带，头上簪着一朵雪白的蔷薇花。这朵蔷薇花在椎树荫下，衬着乌黑的头发，格外光艳夺目。

三四郎有些茫然，片刻，他小声嘀咕了一句"真矛盾"。是大学的空气和那个女子有矛盾呢，还是那色彩和眼神有矛盾呢？是看到那女子联想起火车上的女人从而产生了矛盾，还是自己未来的方针中包含着自相矛盾的内容呢？或者是一方面兴高采烈，一方面又惶恐不安，这两种心情之间产生了矛盾呢？——这个乡下青年对这些一概不懂，他只是感到有矛盾存在。

三四郎拾起那女子丢弃的鲜花，嗅了嗅，没有什么特别的香气。三四郎将花扔到池子里，花瓣在水面漂浮。这时，突然听到对面有人呼唤自己的名字。

三四郎把视线从那朵花上移过来，发现了站在石桥对面的野野宫君颀长的身影。

"你还没有走吗？"

三四郎在回答他的问话之前，先站起身来，慢腾腾地走了几步，来到石桥上。

"嗯。"他感到自己有些怅然若失。但野野宫君一点也不为怪。

"凉快吗？"野野宫君问。

"嗯。"三四郎又应了一声。

野野宫君对着池水瞧了好半天，把右手伸进衣袋寻找什么。衣袋里露出半截信封来，上面的字像是女人的手笔。野野宫君看来没有找到自己要找的东西，便把那只手依旧垂下来。

"今天那装置出了毛病，晚上的实验停止了。眼下到本乡那边散散心再回去，怎么样？你也一道走走吧。"

三四郎爽快地答应了，两人沿着斜坡登上小丘。野野宫君在刚才女子站立的地方停留了一会儿，环视着对面绿树背后的红色建筑，以及那个在高崖的衬托下显得很低的水池。

"景色不错吧？只是那座建筑拐角略显凸出了。从树林间望过去，你注意到了没有，那座建筑造得很美。工科大楼也不错，不过还是这座建筑更出色。"

三四郎对野野宫君的鉴赏力有些惊讶。老实说，自己一点也看不出孰优孰劣。因此，这回该轮到三四郎"唔、唔"地应付了。

"还有，你看这树和这水给人的感觉——虽然没有什么特别的妙处，但位于东京的市中心——很幽静吧？没有这样的地方就无法搞学问哩！近来东京太喧闹了，很伤脑筋。这是殿堂。"野野宫边走边指着左面一座建筑，"是教授会举行会议的地方。喏，像我这样的人可以不去，只要待在地窖里就行啦。近来的学术界飞速发展，稍一大意就会落伍。在别人眼里，地窖里的工作简直就像做游戏，可我这个当事人，时刻都在为实验绞尽脑汁。这种劳动甚至比电车的运转还要剧烈。因此，我连消夏旅行都免啦。"

他边说边仰望着广袤的天空。这时，天上的阳光已经减弱了。

蔚蓝的天空一派宁静，高处纵横飘浮着几抹淡淡的白云，像是用刷子刷过留下的痕迹。

"你知道那是怎么回事吗？"

三四郎仰头望着半透明的云彩。

"那些全是雪霰，从下面看上去好像纹丝不动，其实它正以超过地面上飓风的速度在流动。——你读过罗斯金[1]的著作吗？"

"没有读过。"三四郎有些怅然。

"是吗？"野野宫君只说了这样一句话。过了一阵，他接着说，"给这天空画一幅写生那该多有意思。——我要给原口讲一声。"

三四郎当然不知道原口就是一位画家的姓。

两人从贝尔兹[2]的铜像前面走过，经枳壳寺旁来到电车道上。走到铜像跟前时，野野宫君问三四郎，这座铜像怎么样，使他很难为情。校外十分热闹，电车熙来攘往。

"你讨厌电车吗？"

经这一问，三四郎觉得，与其说讨厌，不如说害怕。然而，他只是应了一声，没再说什么。

"我也讨厌电车。"野野宫君说道。可一点也看不出他是讨厌电车的。

"没有乘务员的指点，我一个人简直不知道在哪里换车呢。这两三年电车猛增，方便倒是方便，可也够烦人的，就像我搞的学问一样。"他说着笑了。

1　John Ruskin（1819—1900），英国作家、美术评论家。

2　Erwin Von Bälz（1849—1913），德国著名内科医生，1875年应邀赴日讲学。东京大学校园有他的铜像。

眼下刚刚开学，有许多戴着新帽子的中学生走过。野野宫高兴地望着这些青年。

"来了好多新生哩。"他说，"年轻人朝气蓬勃，这很好。你今年多大啦？"

三四郎照着住宿登记簿上写的年龄作了回答。

"这么说你比我年轻七岁哩。一个人有这七年时光可以干不少事。不过岁月易逝，七年一晃就过去了。"

三四郎弄不明白，哪一句才是他的真心话。

走近十字街头，左右两边有许多书店和杂志店。其中的两三家里挤满了黑压压的人群，都在阅读杂志。读过了就不再买，一走了事。

"都是一些狡猾的家伙！"

野野宫君笑着说。不过，他自己也打开一本《太阳》[1]杂志看了看。

来到十字路口，街这边左手有一家西洋化妆品商店，对面是另一家日本化妆品商店。电车在这两家商店之间绕了个弯儿，飞快地驶过去，铃声叮叮当当地响个不停。街头行人拥挤，很难通过路口。

"我到那边买点儿东西。"

野野宫君指着那家化妆品商店说。接着就从铃声叮当的电车缝里跑了过去。三四郎紧紧跟上，穿过了街口。野野宫君早已走进商店。三四郎在外头等着，留神一看，店头玻璃货架上陈列着梳子、花簪之类的东西。三四郎好不奇怪，野野宫君要

1　日本最早的综合月刊杂志，1895 年创刊，1928 年停刊。

买些什么呢？他好奇地走进店里，只见野野宫君手里拎着一条像蝉翼一般的彩带子。

"怎么样？"他问。

此时三四郎也想给三轮田的阿光买点什么，权作馈赠香鱼的答礼。可是转念一想，阿光收到东西之后，她保准不会认为这是对她送香鱼的酬谢，说不定又要一厢情愿地胡思乱想一番，因此只好作罢。

走到真砂町，野野宫君请三四郎吃了西餐。听野野宫君讲，这一家是本乡地区最好的饭馆。三四郎只是尝了尝西餐的味道，虽说吃起来也没剩下什么。

三四郎在西餐馆前告别了野野宫君，沿着岔路口老老实实往回走。他来到原先那个十字街口，又折向左边。三四郎想买木屐，他走进木屐商店瞅了一眼，一个搽着白粉的姑娘坐在雪亮的煤气灯下，宛若一尊石膏雕塑的妖怪。三四郎立刻讨厌起来，终于没有买成。他在回来的路上，一直回想着在学校水池旁看到的那个女子的脸庞。——那副青黄的面色，就像烤焦了的年糕片一样。她的肌肤十分细嫩。三四郎断定，大凡女人总该都有着这样的肤色。

三

　　新学年从九月十一日开始。三四郎规规矩矩地于上午十点半到达学校，只见大门口的布告栏里贴着课程表，看不到一个学生。他把自己所要听讲的科目抄在笔记本上，然后又来到办公室。事务员们倒是都来了。三四郎打听什么时候开始上课，那人若无其事地告诉他九月十一日。三四郎问，他看到每间教室怎么都没有人上课。那人回答说，因为没有老师。三四郎恍然大悟。他走出了办公室，转到后面，站在一棵大椎树下，窥探着高高的天空。这时的天空比平素更加明净。三四郎穿过山白竹走向水池边，来到那棵椎树下，蹲了下来。他想，那女子再从这里走一趟该有多好。三四郎不时地向冈上望望，那里没有一个人影，他想这是当然的。不过，他还是蹲着。这时，午炮响了，三四郎吃了一惊，便走回寓所。

　　第二天八点整他来到学校，进入大门就一眼看到大道两旁栽着银杏树。这些银杏一直通向远方，然后顺着远远的斜坡低落下去，从三四郎站立的学校大门这里望过去，只能看到理科学院二楼的一部分。这座建筑的后面，上野的树林远远地辉映在朝阳里。太阳是从正面照过来的。三四郎眺望着具有纵深感的景色，心情十分愉快。

这边一排银杏树的尽头的右手，是法文科专业，左手稍稍靠后的地方是博物专业的教室。两座建筑格局相同，细长的窗户上矗立着三角形的尖屋顶。在这三角形的边缘，有一道石条组成的红瓦和黑屋顶连接的细线。石条略带蓝色，为下面紧紧相连的漂亮的红瓦增添了另一种情趣。这些长长的窗户和高高的三角形，横着一连排列下去。自从上次听野野宫君讲了那段话之后，三四郎早就觉得这些建筑非常珍贵。然而这天早晨，仿佛不是野野宫君的意见，倒像一开始就是自己的感想一样，博物教室和法文科没有排在一条直线上，而是稍稍靠后了一点。他对这种不规则的布局感到非常奇妙。三四郎想，下回遇到野野宫君，就把这一点当成自己的新发现告诉他。

图书馆突现在法文科右边五十多米远的地方，他对此也十分佩服。虽然分辨不清，但看起来是一种相同的建筑。红墙外边长着五六棵高大的棕榈，环境宽敞、优美。左手最后面的工科专业，似乎是模仿封建时代西洋的城堡建造起来的，整体是正四边形，窗户也是方的，只有四个角落和入口是圆的。这大概是仿效塔楼式的建筑吧。这座城堡式建筑非常坚固，不像法文科那般摇摇欲坠的样子，宛如采取低姿态的摔跤手一样。

三四郎纵目远眺，估计尚有许多看不到的建筑物，心中不由得产生了一种雄伟之感。"最高学府都必须是这副样子。只有这样的建筑布局才能搞研究工作。实在了不起！"三四郎仿佛觉得自己是个大学者了。

可是走进教室一看，上课铃虽然响过，但是先生还没有来，也没有学生。下一堂仍然是这样。三四郎气呼呼地走出教室，为了慎重起见，他又绕池子转了两圈儿，这才走回寓所。

又过了十多天光景，终于开始上课了。三四郎走进教室，第一次和其他学生一起等待先生的到来，他这时候的心情实在不比往常。三四郎自己揣度自己，他仿佛觉得正像一位神官装束打扮整齐，眼下就要去参加祭典一般。到底是被学问的威势给震慑住了。铃声响过后又过了一刻钟，一种预料之中的敬畏之情渐渐增长。不多会儿，一位气度非凡的老爷爷模样的西洋人开门走了进来，用流利的英语开始讲课。三四郎这时才知道"answer"[1] 这个词是从盎格鲁—撒克逊语 and-Swaru 这个词儿化用过的。接着又记住了司各特[2]曾经读过小学的村庄的名字。他把这些词儿都十分仔细地写到笔记本上。下一堂课上文学评论，这位先生走进教室，看了看黑板，那上面写着 geschehen 和 nachbild[3] 两个词，他笑了笑，说："这是德语呀。"说罢匆匆擦掉了。三四郎由此对德语多少失掉了一些敬意。然后先生对古代文学家下了十多个定义，三四郎把这些全都一丝不苟地抄在笔记本上。下午来到大教室，里面大约坐着七八十位听讲的人。因此先生便用演说的调子讲课。他开头说了一句"炮声一

---

1 英语，"回答"之意。
2 Walter Scott（1771—1832），英国诗人，小说家。
3 德语，分别为"事件""抄写本"之意。

响惊破浦贺梦"[1]，三四郎觉得很有意思。最后说出了一大串德国哲学家的名字，甚是难懂。他向桌面上一看，有两个雕刻得十分漂亮的字——"落第"。可以想象刻字的人是那样悠闲，他能在坚硬的樫木板上刻下整齐的刀纹，可见不是一个生手，其功夫是相当深的。邻座的男子正在用心记笔记，探头一看，不是做笔记，原来正冲着远处的先生画漫画呢。三四郎刚瞥了一眼，邻座的人就把笔记本推给他看。画画得很出色，旁边还写有一行字："天上子规自在鸣。"[2] 不知是什么意思。

下课了，三四郎显得有些疲惫不堪。他站在楼上窗口双手托腮，俯视着正门里边的校园。那里只有一条宽广的大路，两旁栽着高大的松树和樱树，路面铺着沙子，由于没有进行太大的人工修饰，看上去令人心情舒畅。听野野宫君说，过去这儿不像现在这般漂亮，野野宫君的一位老师，学生时代曾经在这儿骑马巡游。马不听话，大发脾气故意从树底下通过。老师的帽子挂到树枝上，木屐齿夹在了马镫里。当他正在感到困窘的时候，正门外"喜多"理发店的理发师傅一齐跑出来嘻嘻哈哈地看热闹。当时的有志之士集资在校园内建造了马厩，饲养三匹马，雇用一名教授骑术的师傅。谁知这位师傅是个大酒鬼，到头来将三匹马当中最好的一匹白马卖掉沽酒喝了。听说那是拿破仑三世时代的老马，恐怕未必是拿破仑三世那个时代吧。不过他想那种悠然自适的年代总是有的。这时，那个在课堂上

1　1853 年，美国人培里乘"黑船"始抵横须贺浦贺港，打破了日本幕府的锁国政策。

2　幕府末期儒者安井息轩，青年时代曾写过这样的座右铭："君不见冈上子规不闻声，总有一天鸣太空。"表露自己即将发迹的宏伟抱负。

画漫画的男子走了过来。

"大学的课程真没意思。"那人说。三四郎随便应和了一下。其实究竟有没有意思，三四郎一点也不知道。当时，他们两个开始交谈起来。

那天，三四郎有些闷闷不乐，他觉得无聊，没有像往常一样到水池转转，便直接回去了。晚饭后，他反复阅读笔记，谈不上有什么愉快或不愉快的感觉。他又用言文一致的文体给母亲写了封信——开学了。每天都去上学。学校是个宽阔的好地方。建筑物非常美丽。校园中有个水池。到池子周围散步是一大乐事。近来乘电车也习惯了。本想给母亲买点什么，可又不知买什么好，终于没有买。要想买什么请写信告诉一声。今年的大米要涨价，最好不要马上卖掉，放一些时候有利。对待三轮田家的阿光姑娘不要太热心，来东京以后发现到处都是人，男人多，女人也多……写的尽是一些鸡毛蒜皮的琐事。

写完信，他翻开英语书读了七八页，又厌了。三四郎想，这种书成本地读下去也没用，随后铺床就寝。又不能马上入睡，他想要是患了失眠症，得赶快到医院治疗，想着想着就睡着了。

第二天照例到学校上课。课间休息时，他听人家谈起今年的毕业生在什么地方有多少人找到了什么出路，谁和谁还留在这儿，互相争夺官办学校的职位。三四郎漠然地感到未来的一种钝重的压力从遥远的地方涌向眼前，但很快又忘却了。有人谈起了升之助的故事，三四郎觉得这些听起来更有意思。于是，三四郎在走廊里抓住熊本来的同学，问起升之助是谁。那人回答说是一位说书的姑娘。接着又告诉他书场的招牌是什么样的，设在本乡的某个地方，并且邀请三四郎星期六一起去书场。三四郎想，这位同学知道得真清楚。原来这人昨天晚上还去过书场哩。三四郎不由得也想去书场看一看那位升之助。

三四郎打算回寓所吃午饭，这时，昨天那个画漫画的人走来"喂、喂"地喊住他，拉着他到本乡街淀见轩吃咖喱饭。淀见轩是一家商店，出售水果，新近经过整修。画漫画的男子指着这座建筑告诉他，这是新艺术式[1]。这时，三四郎才第一次知道什么叫作新艺术式建筑。回来的路上又告诉他青木堂[2]在哪里，据说那里也是大学生常去的地方。进了大红门，两人围绕池子散步。这时，画漫画的男子讲起这样的事，已去世的小泉八云[3]先生不喜欢到教员室去，一上完课就在这座池子旁边徘徊。仿佛小泉先生教过他似的。三四郎问他，小泉先生为什么不愿意进教员室。

"这是当然的，首先你听过他们的课还不明白吗？没有一个能够畅谈的人。"

这人平心静气地说出这种刻薄的话，倒使三四郎大吃一惊。

此人叫佐佐木与次郎，据说是专科学校的毕业生，今年又进了大学选修科。他说自己住在东片町五号的广田家里，请三四郎去玩。三四郎问他是不是私人寓所，他回答说是某某高中一位老师的家。

1　Art Nouveau，十九世纪末二十世纪初叶法国兴起的图案样式。

2　西洋食品店，楼上设有小吃部。

3　小泉八云（1850—1904），本为英国文学家，后归化日本，曾作为夏目漱石的前任，在东京大学执教。

此后，三四郎每天定时到学校，认真地上课，有时还去听必修以外的科目。即便如此，他仍不满足。甚至时常去听和必修课毫无关系的科目。不过去了两三次也就算了，没有一门是持续一个月的。这样，每周平均上课四十个小时。对于刻苦勤奋的三四郎来说，四十小时总是有点过分。三四郎不时地感到有一种压力，但他仍不满足。三四郎变得紧张起来。

一天，他向佐佐木与次郎提起这件事。听说他每周上四十小时课，与次郎把眼睛瞪得溜圆。

"真傻！想想看吧，寓所里难以下咽的饭菜，一天让你吃上十顿，你会不会满足？"

与次郎突然用这句精辟的话语，给了三四郎当头一棒。三四郎立即醒悟道："怎么办才好呢？"他同与次郎商量起来。

"去乘电车。"与次郎说。

三四郎一时不明白他的意思，思忖了片刻，也想不出个所以然来，于是问道：

"你是说真正的电车吗？"

这时与次郎咯咯地笑了。

"乘上电车，围绕东京转上十五六趟，你自然会满足的。"

"为什么呢？"

"为什么？你想，一个活灵灵的脑袋被死板的科目缠住了，怎么成？出去兜兜风嘛。当然，让你满意的措施有的是，乘电车是最起码最轻便的了。"

当天傍晚，与次郎拉着三四郎，从四条巷乘上电车到新桥，又从新桥折回日本桥下车。

"怎么样？"他问。

接着，他俩从大街拐进狭窄的小巷，走进挂着"平之家"招牌的饭馆，吃了晚饭，喝了酒。饭馆的女侍都是一口京都腔，情意缠绵。与次郎出了饭馆，红着脸又问：

"怎么样？"

与次郎说要带三四郎到最好的书场去。他们又进入一条窄巷，来到一家名叫"木原店"的书场，在这里听一位叫阿小的说书人讲故事。十点钟过后，他们来到大街上。与次郎又问：

"怎么样？"

三四郎没有回答"已经满足了"。然而他觉得也没有什么不满足的，于是，与次郎便大肆谈论起那位阿小来。

"阿小是个天才，像他那样的艺术家不多见。不过由于随时随地都能来听，便不觉得有什么可贵了，这实在有点可惜。和他生活在同时代的我们是很幸运的。生得早一点听不到阿小说书，生得晚了也是一样。——圆游说得也不错，但同阿小比起来，趣味各异。圆游扮演的小丑，只是小丑式的圆游，颇逗人喜欢；而阿小扮演的小丑，是远远脱离阿小的小丑，所以更加富有情趣。圆游饰演的人物要是掩盖圆游本人，人物也就不成立了；阿小饰演的人物不论如何掩盖阿小本人的特色，人物依然活脱、生动。这正是阿小的高妙之处。"

与次郎说到这里，再一次问道：

"怎么样？"

说实在的，三四郎并不理解阿小有什么妙处，此外，他也从未看过圆游的表演，所以很难判定与次郎的评价是否恰当。不过，三四郎十分佩服与次郎这种颇得要领的富有文学意味的对比法。

两人来到高级中学前面。分手时，三四郎表示感谢。

"谢谢，我感到心满意足啦。"

"看来，非得再到图书馆去一趟，不然不会十分满足哩。"

与次郎说罢拐进片町方向去了。听了他的话，三四郎这才想起要进图书馆去。

从第二天起，三四郎把四十个小时的课程几乎减到一半，跑起图书馆来了。这座建筑宽大、敞亮，高高的天花板，左右开着许多扇窗户。书库只能看到入口，由正面向里望去，似乎藏有数不清的图书。停住脚望望，只见有人从书库里走出门来向左边拐去，怀里抱着两三册厚厚的书，那是去职工阅览室。其中也有人从书架上取下自己需要的书，在胸前摊开，站在那里查阅。三四郎非常羡慕，他真想进去，登上二楼，接着再登上三楼，来到比本乡更高的地方，不同任何人接触，坐在故纸堆里读个够。至于读些什么好呢？他自己也没有仔细考虑过。

不先读上几本是无法知道的。他只是觉得那里头有无数的书。

三四郎是一年级学生，无权进入书库。没办法他只得去查大木箱子里的目录卡。他弓着腰一张一张地翻检着，新的书名接连不断地出现，怎么也翻不完。最后连肩膀都酸疼了。三四郎抬起头来，趁着休息的当儿，环顾一下馆内，到底是图书馆，安静得很，人倒也不少。向对面望去，尽是黑压压的人头，分不清眼睛和嘴巴。穿过高高的窗户，可以看到外面到处都是树，只露出稍许的天空，喧闹声从远处传来。三四郎站在那里，心中想学者的生活是静谧而又幽深的。当天，他就带着这样的心情回去了。

第二天，三四郎不再想入非非，他走进图书馆，很快借了书。谁知搞错了，马上又还回去。接着又借了一本，不巧太难，看不懂，又立即还了。就这样，三四郎每天总要借上八九本书，当然也有一些可以看得懂的。使三四郎大为惊奇的是，他发现不管借哪一本书，总是有人预先浏览过。因为书中随处都用铅笔标上了印记。有一次，三四郎为了证实一下，借了一本作家阿弗拉·贝恩[1]的小说。他在打开之前，心想，这本书不至于有人读过吧，谁知翻开一看，依然有人仔细地用铅笔画着记号。这下子三四郎只好死心了。这时一支乐队从窗外经过。他想出去散散步，便来到街上，最后进入青木堂。

三四郎进来一看，有两组顾客都是学生。对面远处的角落坐着一个男子，独自在喝茶。三四郎无意之中望望那人的侧影，觉得很像自己来东京时在火车上碰到的那个吃了许多水蜜桃的人。对方毫不觉察，喝一口茶，吸了一口烟，显得十分悠然自得。这男子今天没有穿白色的单和服，而是穿着西服，但也绝非什么好料子，比起测量光压的野野宫君来，只是那件白衬衫显得好些。三四郎望着那人的模样，断定他就是那个吃水蜜桃的人。自从在大学里听课以来，三四郎忽然回想起火车上那个男子说的话很有道理，他打算过去和那男子打打招呼。可是，对方一味瞧着外面，喝茶，吸烟，吸烟，喝茶，实在没办法开口。

三四郎凝视着那男子的侧影，忽然把杯子里的葡萄酒喝干，飞跑出去，然后回到图书馆。

---

1 Aphra Behn（1640—1689），英国女作家，少女时代在印度度过。后同荷兰富商贝恩结婚，丈夫死后，靠文笔成名。

那天，借着葡萄酒的威力，加上一种精神作用，三四郎大大地增长了学习兴致，这是前所未有的，他感到非常高兴。三四郎津津有味地读了两个多小时的书，这才觉得时间不早了。他慢悠悠地收拾一下准备回去，一面将那本借来尚未阅读的书翻了翻，只见扉页的空白处用铅笔潦草地写着这样一段文字：

黑格尔于柏林大学讲授哲学时，他毫无兜售哲学的意思。黑格尔的讲演不是事物真髓的说教，而是体现这种真髓的人的讲演。不是口舌的雄辩，而是言为心声。当真髓和人相互融合醇化为一体时，其所说，所云，不单是为讲演而讲演，而是为道义而讲演，哲学讲演唯此方可聆听。只凭口舌奢谈真髓，犹如用无生命之墨在无生命之纸上留下空洞的笔记，有何意义可言？……而今，我为应付考试，亦即为了面包，饮恨含泪阅读此书。要记住，强忍着疼痛的脑袋，永远诅咒这样的考试制度。

当然没有署名。三四郎不觉微笑了。他感到似乎受到了一种启示。他想，不光哲学，文学也是如此。他又翻过一页，下面还有呢。"黑格尔的……"看来，这人对黑格尔很感兴趣。

为了听黑格尔的讲演，学生们从四面八方汇集柏林。他们不是抱着听此讲演可以换取衣食之资的野心而来，他们只是前来聆听哲人黑格尔站在讲坛上传授无上普遍的真髓的。他们向上求道心切，常怀有疑念，欲前来坛下寻求解答，以保持清净无垢之心。因此，他们听了黑格尔的讲演便可决定自己的未来，改造自己的命运。倘若把他们同你们这些呆然若痴、充耳不闻、浑浑噩噩毕业而去的日本大学生相比，他们简直是得天独厚了。你们只不过是打字机，而且是欲壑难填的打字机。你们的所为，所思，所云，最终同现实社会的机运无关。抑或至死都处于茫然无知，至死都处于茫然无知的状态之中吧？

"茫然无知"这句话连连重复了两遍。三四郎默默然陷入沉思。这时，有人从背后拍拍他的肩膀，原来是那位与次郎。在图书馆里碰到他，真是难得。与次郎认为上课没有用，跑图书馆最重要。然而他很少按照自己的主张到图书馆里来。

"喂，野野宫宗八君在找你哩。"他说。

三四郎没想到与次郎认识野野宫君，为慎重起见，叮问了一句："是理科专业的野野宫君吗？"回答说："是的。"三四郎立即放下书本，来到门口阅报处，却不见野野宫君的影子。再走到大门口，仍然没有人。三四郎下了台阶，伸长脖子四处张望，看不到一个人影，只好回去了。他来到原来的座位上，只见与次郎指点着那段评价黑格尔的文字，正在低声发议论。

"真是大言不惭，肯定是往届毕业生干的。以前那些家伙虽然喜欢胡闹，可也挺有趣。他们确实是这样啊！"

与次郎似乎入了神，他独自笑着。

"野野宫君不在呀。"三四郎说道。

"他刚才还在门口呢。"

"他找我有什么事吗？"

"好像有事。"

两人一道走出图书馆。这时，与次郎说，野野宫君原是自己所寄寓的那位广田先生的门生，他经常到广田先生家里去。野野宫君非常好问，肯于钻研，凡是搞他那一行的人，连西洋人都熟知野野宫君的名字。

提起野野宫君的老师，三四郎又想起从前那位在校门口吃过马的苦头的人。他想，那也许就是广田先生吧？三四郎把这事告诉了与次郎，与次郎说："这么说，正是房东先生，他会干出那种事来的。"他说罢笑了笑。

第二天正逢礼拜天，在学校里见不到野野宫君。可是他昨天来找过三四郎，三四郎一直记挂着这件事。正好自己不曾访问过他的新居，三四郎决定亲自去一趟，问问他到底有些什么事。

早晨拿定这个主意之后，看看报纸，磨蹭到了中午。吃罢午饭，正想出门时，一位阔别已久的朋友打熊本来看他。等到好不容易打发走朋友之后，已经过四点钟了。虽然迟了些，三四郎还是按预定计划出发了。

野野宫的家住得很远。他在四五天前搬到大久保去了，不过乘电车很快就到。听说靠近车站，所以很容易找到。说实在话，三四郎上次从"平之家"饭馆出来，曾经吃过很大的苦头。他原打算到神田的高等商业学校去，从本乡的四条巷上车，结果乘过了站，来到了九段，后来又被带到饭田桥。他在那里好容易换上外濠线[1]的电车，从茶之水来到神田桥，这时

1　围绕原江户城护城河环行的东京市内电车。

仍然没有觉察，电车载着他沿镰仓河岸向数寄屋桥方向急驰而去。打那以后，三四郎看见电车就烦躁不安。他听说甲武线[1]是一条直线，才敢放心地乘坐。

三四郎从大久保车站下车，没有沿仲百人大街走向户山学校，而是直接由交叉口处拐向旁边，顺着三尺宽的小路前行。他缓缓地爬上一段斜坡，看见一片稀疏的竹林。竹林附近和前边各住着一户人家，野野宫君的家就在前面。小巧的门面开向路边，兀自坐落在一个毫无关系的位置上。一走进去，房子又建在另外的方位上，大门和房子的入口完全像是后来装配上去的一般。

厨房近旁是一线生机勃勃的花墙。院子里却没有隔挡的东西。只有长得比人还高的胡枝子，微微遮住了客厅的回廊。野野宫君把椅子搬到回廊上，坐下来阅读西洋杂志。他看到三四郎进来，说道：

"这边请。"

他在理科学院的地窖中也是这样招呼三四郎的。应该从院子进去还是应该从大门绕过来呢？三四郎稍稍犯起了踌躇。

"这边请。"

又是一声催促。三四郎决心从院子进去。客厅兼作书房，有八铺席宽，摆着许多西洋书籍。野野宫离开椅子坐在地上。三四郎随心所欲地闲扯了一阵，什么这里很安静啦，到茶之水去很方便啦，那项望远镜实验怎么样啦，等等。

"听说你昨天找我去了，有什么事吗？"

1　连接饭田町和八王子的铁道。

"不，没有什么事。"野野宫君显得有些不好意思。

"唔。"三四郎随口应了一声。

"那么你是特意为此而来的吗？"

"哪里，不是那么回事。"

"是这样的，你家伯母给我寄来了高贵的礼品，说'小儿要给你添麻烦啦'。我想总该向你表示一下谢意才好……"

"哦，是吗？都寄了些什么呀？"

"是上好的糟红鱼呢。"

"那么说是比卖知硬骨鱼啰？"

三四郎心想，母亲怎么寄了这种蹩脚货。然而野野宫却不在意，他还就这种鱼提了各种各样的问题。三四郎特别向野野宫介绍了这种鱼的吃法。他告诉野野宫君，要连酒糟一起烧，装盘后立即除去酒糟，否则就跑味了。

他们两个不住地谈论着糟红鱼，不知不觉天已黑了。三四郎想起该回去了，正要告别，这时突然来了一封电报。野野宫君拆读了，嘴里说了声"糟啦"。

三四郎既不能装出漠然不知的样子，又不便冒冒失失地打听，只是直愣愣地问了一句：

"出什么事了吗？"

"不，没什么。"

野野宫君说罢把电报递给三四郎看，上面写着"速来"二字。

"你要去什么地方吗？"

"嗯，妹妹最近病了，住进了大学的医院，她要我立即到她那儿去。"

野野宫君一直显得不慌不忙，而三四郎却吃了一惊。野野宫君的妹妹，这位妹妹的病情，大学的医院，再加上在池畔见到的那个女子，三者搅在一起，搅得他有些不得安宁。

"那么说，病很重吗？"

"不会吧。我母亲在看护她。——要是为了病的事，乘电车来一趟更快些。——不过，这也许是妹妹恶作剧。这个傻丫头常干这种事儿。我来到这里以后，还未曾到她那儿去过。今天是星期日，说不定正盼着我去呢。"说罢，他歪着头想了想。

"我看还是跑一趟吧。万一病情有变化就不好了。"

"是啊，虽说四五天之内不至于恶化，还是去看看的好。"

"最好还是去一趟看看。"

野野宫君决定去。他打定主意之后，说有些事情要拜托三四郎：万一是因为病情变化打来的电报，今晚也就不能回来了。家中只留下一个女仆，这女人非常胆小，附近又很不安宁。你来得正好，如果不耽搁明天上课，就请你住上一宿。当然，要是普通的电报，我会马上赶回来的。要是早知道有这事儿，就拜托给佐佐木办了，眼下是来不及了。只有一个晚上，现在不知道是否会在医院里留宿，事先就给毫无关系的人增添麻烦，真是有点太冒昧了，所以不好太强求……当然，野野宫君没有直言相托，不过三四郎倒是个明白人，不需要把话说到底，一口就应承下来了。

女仆来问晚饭的事，野野宫说"不吃了"，然后对三四郎说："对不起，等会儿你一个人吃吧。"说完，连饭也不吃就走出去了。刚一出门，又隔着昏暗的胡枝子树丛大声说：

"我书斋里的书，你可以随意阅读，虽说没有什么特别有趣的，你就看看吧。也有几本小说。"说着就消失了踪影。三四郎送他到走廊上道了谢。这时，那片占地约十平方米的竹林，因长得稀疏，一根根历历可见。

不一会儿，三四郎就坐在八铺席书斋正中间，面对着小小的饭盘吃晚饭了。他朝饭盘一看，果然如主人所说，上面摆着那种糟红鱼。好久没有闻到故乡菜的味道了，今天他十分高兴，然而米饭却不怎么好吃。三四郎望望侍候自己的那个女仆，可不是嘛，小鼻子小眼睛，确实像个胆小鬼。

吃罢饭，女仆到厨房去了。只撇下三四郎一个人。当他独自静下心的时候，又立即记挂起野野宫君的妹妹来了。心想，她可能病很重，又担心野野宫君走得太慢。三四郎仿佛觉得这个妹妹就是上回碰到的女子，越发不安起来。三四郎重新回顾了那女子的面容、眼神和服饰，想象她正躺在病床上，旁边站着野野宫君。他们谈了两三句话，因为是哥哥，她还嫌不满足。于是，三四郎不自觉地成了代理人，细心而亲切地照料着她。这时，火车一阵轰鸣，打孟宗竹林近旁通过，不知是因为地板还是土质关系，整个房子稍微有些颤动。

三四郎停止了看护病人的幻想，环顾了一下室内。这是一座老式建筑，柱子古旧，隔扇也不严实，天花板黑乎乎的。只有明晃晃的电灯，才显得有些新意。这就如同野野宫君本是个新式学者，竟然猎奇般地租住这样的房子，同封建时代的孟宗竹为伍。喜欢猎奇，那倒是随人所好，如果是迫不得已，将自己放逐郊外，那就太叫人同情了。据说，这位学者每月只能从大学领取五十五日元的工资，所以不得不到私立学校教书。妹妹一住院，就更受不了，他迁到大久保来，也许就是因为这种经济上的缘故……

虽然天刚黑，由于地方不同，这里一片宁静，院子里虫声唧唧，一人独自静坐，深感初秋时节的寂寥难耐。这时，远处有人在说话。

"唉唉，不会很久了。"

这声音像是从房子后面传来的，因为距离远，听得不甚真切。而且没有来得及辨清方位就消失了。不过，三四郎的耳朵分明听到了这句话，这是一个被一切所舍弃的人发自内心的独白，但并不期望会得到任何回答。三四郎有些害怕，这时远处又响起了火车的轰鸣。那响声越来越近，打孟宗竹林边呼啸而过，比先前那列火车的声音还要高出一倍。三四郎茫然等待着房屋的轻微震动停下来，感到先前的叹息和列车的响声犹如电光石火一般，是互为因果的关系。他一骨碌跳起来。这种因果关系太可怕了。

三四郎发现再这样呆坐下去已是极为困难的事了，从脊梁到脚底都感受到一种疑惧的刺激，使他难以忍受，于是站起来到厕所去。他从窗户向外边一看，繁星布满天空，土堤下面的铁路一片死寂。三四郎还是把脸贴在竹格子上瞅了瞅暗处。

车站方向有人提着灯笼沿铁路向这里走来。听声音似乎有三四个人。那灯影越过交叉口，消隐在土堤下面了。他们经过孟宗竹林旁边时，只能听到谈话声，不过句句都听得十分真切。

"再向前走一点。"

脚步声渐去渐远。三四郎来到院子里，趿着木屐，穿过竹林，走下六尺多宽的土堤，追随着灯影而去。

走出三四丈远时，又有一人从土堤上飞跑下来。

"是轧死的吗？"

三四郎本想回答点什么，可一句也没有说。这时走过一个黑黑的人影，三四郎跟在他后面，心想，这位可能是住在野野宫君后面的那家的主人。走了十几丈远，灯笼停住了，人也停住了。人影遮着灯影，默默无语。三四郎无言地望望灯下，只见地上有具死尸，火车从右肩到乳下拦腰一碾而过，抛下斜切下来的半截身子飞驰而去，脸面完好无损。原来是个年轻的女子。

三四郎现在还记得当时的心情。他想马上回去，刚一转过脚跟，两腿僵直，再也动弹不得了。三四郎爬上土堤，回到客厅，心口怦怦直跳。他想喝水，招呼女仆，幸好女仆什么也不知道。过了一会儿，后头一家骚动起来。三四郎这才想起主人已经到家了。不久土堤下也吵吵嚷嚷，过了一阵又归于死寂，静得叫人不堪忍受。

三四郎眼前清晰地浮现出刚才那个女子的面影。那面影以及那"唉、唉"的无力的叹息声，深深地包容着一个悲惨的命运。把这两者联系起来细加思索，就会发现，生命这个似乎强韧的东西，不知不觉就会变得松弛下来，会随时向黑暗漂流而去。三四郎心灰意冷，他感到惶恐不安。那生命就毁于火车一瞬间的轰隆声里，在这之前，她不是活得好好的吗？

三四郎此刻想起火车上那个给自己吃水蜜桃的男子的话来："危险、危险，不注意就要发生危险。"当时，那人嘴里虽然说着"危险、危险"，可心情仍然显得十分平静。换句话说，如果嘴里叫着"危险、危险"，而自身并没有置于危险的境地，那么就会变成和那男子同样的心情。在这个世界上持冷眼旁观态度的人，也许其兴味就在于此吧。那个在火车上吃水蜜桃，在青木堂喝茶又抽烟、抽烟又喝茶，一直凝神注视着前方样子的人，正属于此类人物吧——评论家。三四郎使用了"评论家"这个奇妙的字眼。他对选用这样的词十分满意。不仅如此，他自己甚至将来也想当一名评论家。看到那副死人相之后，他便产生了这样的念头。

三四郎环顾了屋角的书桌，桌前的椅子，椅子旁的书橱以及书橱里排列整齐的洋装书籍，觉得这间宁静的书斋的主人，同那位评论家一样平安而幸福。——研究光压总不至于把一个女人轧死。主人的妹妹病了，但这并非当哥哥制造的，而是自己染上的。三四郎一件件随意想象着，不觉已到十一点钟。开往中野的电车没有了。他又一阵不安起来，莫非病情危笃，不回来了吗？正在这时，野野宫君拍来了电报，说妹妹平安无事，他明晨即回。

三四郎安心上床睡了，但却做了一个可怕的噩梦——那个卧轨身死的女人，原来同野野宫君有联系，他知道此事后不回家了，为了使三四郎放心才拍来了电报。他说的妹妹平安无事是假造的。今夜当发生这起车祸时，他的妹妹也同时死了。而且，这个妹妹就是三四郎在池畔遇到的那个女子。……

第二天，三四郎破例起得很早。

他打量着睡不习惯的床铺，吸了一支香烟。昨夜的事一切都像梦境，他走到回廊上，仰望着低低的套廊外面的天空。今天是个好天气，眼前的世界变得一派明朗。吃过饭喝了杯茶，端把椅子坐在套廊上读报，这时，野野宫君如期地回来了。

"听说昨夜火车在这里轧死了人。"看来野野宫君在车站就听说了。三四郎将自己亲眼看到的情景全都告诉了他。

"这事很少见，难得碰到一次，我要在家就好了。尸体已经入殓了吗？现在去也看不到了吧？"

"已经不行了。"三四郎回答了一句，他对野野宫君的平静态度感到惊讶。三四郎断定，他的这种麻木的神经，完全是昼夜之差所造成的。三四郎根本没有意识到，测试光压的人的癖性，即使碰到这样的场合也是一如往常，决不动情的。也许还因为他年轻吧。

三四郎转换了话题，询问病人的状况。野野宫君说，果然未出自己所料，病人没有什么变化，只因五六天以来未曾去探望，妹妹有些不满意，心情寂寥之余硬把哥哥诓了去。她很生气，说今天星期日，不去看一下也太无情意了。野野宫君骂妹妹是傻瓜，他好像把妹妹真的看成傻瓜了。说这样忙，还要浪费人家宝贵的时间，真是太愚蠢。三四郎却不明白他的意思，妹妹既然特地打来电报，想见哥哥一面，趁着星期日花上一两个晚上陪陪她，又有什么可惜的呢？按道理说，同妹妹见面的时间是应该花的，钻在地窖内测试光线所度过的岁月，那才是脱离人生的无聊生涯哩。自己要是野野宫君，为了这样的妹妹而妨碍了自己的学业反而会感到高兴。想到这里，三四郎才忘掉了那个被轧死的女子。

野野宫君说他昨夜没睡好，所以头脑昏沉，有些支持不住了。他又说，幸好今天下午要到早稻田的学校去，大学里不上课，所以想好好睡一个上午。"昨天很晚才睡吧？"三四郎问道。野野宫君说，因为高中时代的老师广田先生前来探望妹妹，大家谈着谈着，末班电车已过，只得在那里住了一宿。本来想住到广田家里，可妹妹不答应，非留他住在医院里不可。

因为地方狭窄，苦苦熬了一夜，始终未能睡安稳。妹妹真是个蠢人。说着他又骂起妹妹来。三四郎觉得可笑，想为那个妹妹申辩几句，但又不好开口，只得作罢。

三四郎又转而问起广田先生，这位先生的名字在他耳里已经听到三四回了。他曾经暗暗把广田先生的名字加在"水蜜桃先生"和"青木堂先生"的头上。他曾以为那个在校门内被烈马所困，遭到喜多理发店的职工讥笑的是广田先生。现在一问，遭烈马所困的果然是广田先生。那么"水蜜桃"也肯定是广田先生了，不过细想起来，总有些勉强。

回来的时候，野野宫君托他顺路把一件夹袄于午前送到医院去。三四郎格外高兴。

三四郎戴着簇新的方角帽，能够戴着这样的帽子跑医院实在有些得意。他兴高采烈地走出了野野宫君的家门。

从茶之水车站下了电车，立即换乘一辆人力车。三四郎此时的举动，一反往常。他威风凛凛地进了大红门，这时法文学院的铃声响了。平时这正是拿着笔记本和墨水瓶走入八号教室的时候。三四郎觉得少听一两堂课又算得了什么，于是径直乘车到青山医院内科的大门口。

三四郎在别人的指点下由大门向里走，从第二个拐角向右转，走到尽头再向左拐，果然，看到东面有一个房间。门口挂着黑色的牌子，上面用罗马字母写着"野野宫良子"。三四郎念了念这个名字，在门口站了一会儿。这个乡下青年没有想起来要敲门，只是想，住在这里的就是野野宫君的妹妹，一个名叫良子的女人。

三四郎站着思索了一阵子，他想打开门瞧瞧她的脸，又怕见了会使人失望。三四郎觉得自己头脑中那女子的面庞，总也不像野野宫宗八，他感到困惑不安。

身后响起了草鞋的声音，一个护士走过来了。三四郎硬着头皮把门推开一半，正好同室内那女子打了照面。（他的一只手仍然握着门把手。）

大眼睛，细鼻梁，薄嘴唇，前额宽阔，下巴颏儿尖尖的，这女子就是这副长相。然而她那脸上一闪而过的表情，对三四郎来说，还是有生以来第一次看到。苍白的前额，浓密的黑发自然下垂，披到了肩上。朝阳透过东面窗户，从她的后边照射过来，头发和日光相接处呈现出昏紫色，像背着一圈灵动的月晕，而脸部和前额却黑乎乎的，暗淡而苍白。中间嵌着一双毫无神采的眼睛。高空的云朵不愿流动，而又不得不动时，便横斜着飘过去。——那女子看着三四郎时，就是用的这副眼神。

三四郎从这副表情里，发现了一种倦怠的忧郁和无法掩饰的快活相统一的东西。这种统一体对三四郎来说，是最尊贵的人生的一瞬，也是一大发现。三四郎握着门把手，半个脸孔伸进房里，他完全沉浸在这一刹那的感受中了。

"请进。"

女子好像正在等着他的到来。她的语调十分安详，这在初次见面的女子身上是很难找到的。只有天真无邪的儿童或者接触过各种男孩子的女人，才会有这样的口气。她的语调不同于亲昵，但有着一见如故的意味。女子翕动着不算丰腴的面颊淡淡一笑，苍白的神色里流露出几分温柔的亲近感。三四郎的双脚不由得跨进了房间。当时，这位青年的头脑里闪现出远在故乡的母亲的面影。

三四郎绕到门后，向对面望去，一位五十多岁的妇女正向他打招呼。看样子，这妇女在三四郎尚未走进房间之前，就离开座位站起来等着他了。

"是小川先生吗?"对方问道。她的面孔很像野野宫君，也很像这位姑娘。不过也仅仅是相像罢了。

"请。"她接过包裹，道了谢，请客人坐到椅子上，自己随后绕到了床的另一边。

三四郎看到床上铺着洁白的单子，盖被也是一色雪白。这被子有一半斜着卷起，为了避开厚厚的另一头，女子特地靠着窗户坐着，双脚够不到地面。她手里拿着编针，毛线球滚到了床下，一根长长的红线从她手里拖下来。三四郎本想替她把毛线球拾起，但发现这女子的心思全然不在毛线上，只好作罢了。

这位母亲面朝着三四郎一个劲儿道谢，说道:

"百忙之中，昨夜有劳你啦。"

三四郎回说:

"不客气，反正闲着没事干。"两个人交谈时，良子沉默不语，刚一停下来，她突然问道:

"昨夜轧死的那个人，您看到了吗?"

三四郎发现屋角放着报纸，便说了声"嗯"。

"挺怕人的吧?"良子说着，微微偏着头望了三四郎一眼。这女子脖颈长长的，和哥哥一样。三四郎没有回答"怕人"还是"不怕人"，只是望着那女子弯曲的颈项。这问题有一半显得太单纯了，以致使人难于回答，而另一半又忘记回答了。女子看来有所觉察，立即端正了脖子，那白皙的面颊深处，泛起浅浅的红晕。三四郎想到自己应该回去了。

三四郎告辞走出房间，来到大门口，向对面一望，只见长廊的尽头呈现四角形，外面的绿荫清晰明丽地映着入口。那里正站着池畔遇到的女子。三四郎猛地一惊，脚步顿时慌乱了。当时，那女子犹如置身于空气画布中的一个暗影。她向前跨了一步，三四郎也身不由己地向前走去，两人互相靠近了，命运使得双方必须在这条长廊上交肩而过。这时，女子突然转过头去。外面明净的空气里，浮动着一派初秋的绿意。顺着女子回头看的方向望去，那四角形的尽头没有出现什么东西，也没有什么在等待她回首一望。这当儿，女子的姿态和服饰映进了三四郎的头脑。

和服不知叫什么颜色，好像同池畔相遇时穿的一样。三四郎还记得，那时候常绿树浓密的影子映在大学的水池里。衣服上有着鲜艳的条纹，上下贯通一气，而且弯曲成波浪形，时离时合。忽而重叠成一根粗粗的纹路，忽而又分离为两根细线。上身的衣纹虽然有些不规则，却也不算紊乱。三分之一处束着一条宽大的腰带。带子呈现暖黄色，给人一种柔和的感觉。

当她转过头去的时候，右肩向后偏斜，左手向前伸出腰际，手里拈着方帕，露在手指外头的那部分蓬松地张开着，大概是绢织的吧。下半身仍保持着端正的姿势。

女子不久又转回头来，低眉向三四郎走近两步，突然微微地抬起头，瞥了瞥面前的男人。一双修长的双眼皮，眼神显得十分沉静，在惹人注目的浓眉下闪闪发亮。同时露出一口漂亮的牙齿。在三四郎眼里，这牙齿同她的面容形成难忘的对照。

今天女子的脸上略略施了一层白粉，然而没有掩盖本来的风韵，细嫩的肌肤光艳动人。为了抵挡强烈的阳光，再敷上极薄的白粉，而不显得炫人眼目。

面颊和下颚的肌肉紧绷绷的，筋骨上面并不显得臃肿，因而整个脸型非常柔和。这种柔和似乎并非来自肌肉，而是来自筋骨本身。这样的脸型具有很强的立体感。

女子弯了弯腰，三四郎为接受一个素不相识的人的礼仪感到吃惊，不，他也许是为女子优美的姿势而惊讶。她那腰部以上的肢体，宛若轻柔的纸张随风飘落在他的面前，而且那样迅疾，当弯到一定程度时，又很轻快地停住了。显然，这不是硬性学到的一手。

"请问……"声音从洁白的齿缝发出，语调急迫，但明朗而清晰。好比是在盛夏的当儿，向人询问椎树是否结了果实。这当然是明知故问。不过三四郎却无暇考虑到这一点。

"唔。"他站住了。

"十五号房间在哪儿呀？"

十五号正是三四郎刚刚去过的房间。

"野野宫小姐的房间吧？"

这回是女子"唔"了一声。

"野野宫小姐的房间嘛，拐过那个墙角，走到底再向左一转，右面第二个门就是。"

"从那个墙角……"女子边说边用纤细的手指指着前面。

"哎，就是前边那个墙角。"

"实在感谢。"

女子走过去了，三四郎站在那儿目送着她的背影。女子走到墙角，正要绕过去时，突然回过头来。三四郎面红耳赤，十分狼狈。女子微微一笑，脸上的神情似乎在问：是这里吗？三四郎不由得点点头。于是，女子的身影转向右侧，消失在白粉墙里了。

三四郎大步流星地走出大门，心想，她大概错把自己当作医科大学的学生，才来打听病房的吧。走出五六步远，他突然意识到，女子向自己打听十五号房间时，应该为她引路，再陪她到良子的病房里走一趟才是。想到这里感到很是后悔。

三四郎眼下再没有勇气折返回去了，他不得已又向前走了五六步，猛然停住了脚。三四郎的脑海里浮现着那女子头上扎的彩带。那彩带的颜色、质地同野野宫君在兼安杂货店买的一模一样。想到这里，三四郎的脚步蓦地沉重起来。当他由图书馆旁边一步步挪向大门口的时候，不知从哪里突然传来与次郎的声音。

"喂，怎么缺课啦？今天讲的是意大利人如何吃通心粉哪。"他说罢跑过来拍拍三四郎的肩膀。

两人一同走了一段路，来到校门口时，三四郎问道：

"你说，这时节还兴不兴扎彩带，不是天热时才扎吗？"

与次郎哈哈大笑起来。

"你可去问问某某教授，他可是个万事通啊。"与次郎根本没有兴趣。

两人走到大门口，三四郎申明今天身体不适，所以不到学校去了。与次郎觉得和三四郎白白走了一程，他默默无言地回教室去了。

四

三四郎心神不定，听起课来，声音显得很远，稍不留意，常把关键的部分漏记。甚至觉得耳朵是从别人那里租借来的一般。三四郎无聊至极，没办法，只得去对与次郎说，近来的课程毫无意思。而与次郎总是给他这样的回答：

"上课本没有什么意思，你是乡下人，以为很快就能干出伟大的事业，才耐着性子听到今天的吗？真是愚蠢至极！他们讲的课亘古以来就是这个样子。现在你才觉得失望，有什么办法！"

"也许不见得吧……"三四郎加以辩解。

与次郎滔滔不绝，三四郎却笨口拙舌，两人很不协调，实在叫人觉得好笑。

这种相同的讨论进行过两三回，不知不觉地又过了半个月时光。三四郎渐渐感到耳朵不像是借来的了。这回，与次郎倒向三四郎提出了批评：

"你的面容甚是奇怪，这模样说明你对生活是多么倦怠，简直是一副世纪末[1]的表情。"

"也许不见得吧……"

三四郎对与次郎的批评依然这样辩解着。三四郎没有接触过人为制造的气氛，以至于听到"世纪末"这个词儿也会感到高兴。他和某些社会现象不甚通融，他还无法将这类词汇当作有趣的玩具加以运用。只是听到"对生活倦怠"这种说法，才稍有同感。他确实有些疲乏了，三四郎并不认为仅仅是由于拉肚子造成的，然而他也并不觉得自己的一生是达观的，以至于可以将倦怠的面容大大标榜一番。因此，他们的谈话到此为止，没有继续展开。

秋高气爽，食欲大增。在这样的季节，一个二十三岁的青年，终究还是不能对人生发生倦怠。三四郎经常外出，学校里的那个水池一带，他几乎全都转悠到了，没有多大的变化。医院前面也往返过好多次，只看见一些普通的人。他还到理科学院的地窖里访问过野野宫君，听说他妹妹早已出院了。三四郎本想把在大门口遇到那位女子的事告诉他，但看到对方很忙，终于未能开口而作罢了。想到下回去大久保，可以从容地交谈，届时会把那女子的姓名、性情都能弄个一清二楚，眼下不必心急。就这样，他飘飘然随处闲逛，什么田端、道灌山、染井墓地、巢鸭监狱、护国寺，他都去了。三四郎甚至到过新井的药师堂。他从新井的药师堂返回时，本想绕到大久保的野野

1　法文 fin de siècle 的意译，指十九世纪末叶风靡法国的一种怀疑、颓废的思潮。

宫君家里看看，不想在落合的火葬场旁边迷了路，一直走到了高田，只好从目白乘火车回来了。车上，他把买来作礼品的栗子拿出来吃了。第二天与次郎来访，把剩下的全吃光了。

三四郎越发悠然自适，就越发感到心情愉快。当初，由于听课时过分认真，耳朵听不清楚，笔记也记得不全。近来大抵都能听懂，所以没有什么问题了。上课时他爱思考各种事情，即使漏一些内容也不以为憾。细心一观察，与次郎等人也是如此，三四郎觉得这样也许就行了。

三四郎想着想着，眼前不时浮现出那条彩带。这样一来，他有些心神不宁了，感到很不愉快。他恨不得马上到大久保去。但由于想象的连锁性和外界的刺激，致使这种念头不久就消失了。他大体上是无忧无虑的，并且时常做梦，大久保那边始终没有去成。

一天下午，三四郎照例出外溜达。他登上团子坂，向左拐，便到了千驮木林町的宽阔的街道。这是秋季里一个晴朗的日子，这时节东京的天空也像乡村那样辽远。一想到生活在这样的青空下面，头脑就觉得非常明晰。要是走到野外，那就更不用说了，定会感到神清气爽，胸襟像天空一般博大无比。然而整个身体却紧张振奋，不像春天般恹懒松弛。三四郎眺望着左右两边的花墙，平生第一次饱吮着东京秋天的气息。

团子坂下两三天前刚开始举行菊花玩偶[1]展览，跨过坡顶时，连旗子也瞧得见。如今光能听见远处传来咚锵咚锵的锣鼓声。这响声从下面逐渐升起，向澄澈的秋空飘散，最后形成

---

1 原文作"菊人形"，用菊花的枝、叶、花编织合成各种彩饰，装在玩偶身上供人参观。以本乡区（今文京区）的团子坂最富盛名。

极其微弱的音波。这种音波一直飘到三四郎耳畔，自然地停住了。这样的声音不但不使人感到烦躁，反而使人觉得心情舒畅。

此时，左边横街突然走出两个人，其中一个望见三四郎，"喂"地叫了一声。

与次郎的声音，只有今天才算规矩些。他是同别人相伴而来的，三四郎看看那个伙伴，果然不出平素的推测，他发现，在青木堂饮茶的人就是广田先生。打从一道吃水蜜桃以后，他同此人有着奇妙的关系。尤其是他在青木堂吃茶、吸烟，自从三四郎跑图书馆以来，更给三四郎留下深刻的记忆。此人看上去，永远像一位长着西洋人鼻子的神官。今天，他穿着夏装，并不显得很寒冷。

三四郎本想上前寒暄几句，无奈时间相隔太久，不知道打哪里说起为好。他只是摘下帽子鞠了一躬。这样一来，对与次郎显得过分客气，而对于广田又显得有些简慢了。三四郎只好这样模棱两可。

"这个是我的同学，他从熊本高中第一次来到东京……"

不管对方问没问，与次郎马上宣扬人家是乡下人，然后又对三四郎说：

"这就是广田先生，高级中学的……"

与次郎随口便为双方做了介绍。

"认识，认识。"

此时，广田先生连连说了两遍。与次郎露出惊讶的表情，但他没有提出"是怎么认识的"之类麻烦的问题。只是问道：

"哎，你那边有没有出租的房子？宽广而又清洁的学生宿舍，有吗？"

"出租的房子……有啊。"

"在哪里？脏的可不成。"

"不，有干净的，还耸立着高大的石门呢？"

"太好了，在哪里？先生，有石门的很好呀。就选定这地方吧。"与次郎极力促进。

"有石门的不行。"先生说。

"不行？那糟啦，为什么不行？"

"说不行就是不行。"

"有石门可阔气啦，就像新任的男爵一样，不好吗，先生？"

与次郎一本正经。广田先生乐呵呵的。终于，认真的一方取胜了。商量的结果是先去看看再说，三四郎充当向导。

他们由横街转向后面一条马路，向北走了约五六十米，来到一条似乎没有道路的小巷子，三四郎带着两个人进入小巷内，一直向前走去，来到了花匠的家里。三个人在门外十多米远的地方停住了。右边竖立着两根花岗岩的大石柱，一扇铁门。三四郎说这就是的。一看门牌子上果然写着"出租"的字样。

"这玩意好怕人啊！"与次郎说着用力推了一下铁门，原来上了锁。"请等等，我去问问看。"话音未落，与次郎便跑进花匠家的后门去了。广田和三四郎两个人像被甩开了一般，他们开始了交谈。

"东京怎么样？"

"嗯……"

"又大又脏吧？"

"嗯……"

"没有任何东西能比得过富士山吧?"

三四郎完全把富士山忘了,经广田先生一提,想起了从火车车窗里初次见到的富士山,那景象实在崇高。如今,充满自己头脑的乌七八糟的世相,简直同它无法相比拟。三四郎十分悔恨,那印象竟然不知不觉地消失了。

"你有没有翻译过不二山[1]呢?"对方提出一个使他意外的问题。

"您说的翻译……"

"翻译自然景物,全都拟人化了,很是有趣,什么崇高啦,伟大啦,雄壮啦……"

三四郎弄懂了"翻译"的意味。

"全都使用人格化的语言。对于那些无法使用人格化的语言进行翻译的人,自然丝毫不会给他人格化的感染。"

三四郎以为对方还要谈下去,默默地听着。然而广田先生说到这里停下了,随后向花匠家的后门瞅了瞅。

"佐佐木干什么去了?怎么这样慢?"他自言自语地说。

"我去看看好吗?"三四郎问。

"算啦,你去看他,他也不一定出来。干脆在这里等,免得白跑一趟。"

广田说罢,便蹲在臭橘树的花墙下,捡起一块小石头,在地上画着什么,显得十分悠闲自在。比起与次郎的悠闲劲儿来,方式不同,而程度约略相似。

---

1 不二山即富士山,在日语中发音相同。

这当儿，与次郎在院子中的松树后面大声叫喊起来：

"先生，先生！"

先生依然在画着什么，好像画的是一座灯塔。看到他没有回答，与次郎只得走过来了。

"先生去看看吧，是栋好房子哩，是这花匠家的，叫他打开大门也行，不过从后门绕过去更方便。"

三个人转到后面，打开挡雨窗，一间一间地打量着。看来，中等人士住在这里，不会有失体面。房租四十日元，还要付三个月的保证金。三个人又来到外面。

"我说，为什么要来看这种阔气的房子？"广田先生问。

"你问为什么，只是来看看，也没有关系呀。"与次郎说。

"又不想租下来……"

"哪里，本来打算租的，出了二十五日元租金，可房东怎么也不肯答应……"

"那是当然的。"广田先生只说了一句，接着与次郎讲述了这座石门的历史。他说，那石门不久前一直竖立在一座常来常往的房屋的门口，后来改建时要了过来，就马上立在那儿了。只有与次郎才会研究这种奇怪的事儿。

然后，三个人又回到原来那条大街，沿着动坂向下走向田端。下坡时，三个人只顾赶路，租房的事情全给忘了。只有与次郎一人不时提起那座石门的事。什么把那家伙从麹町移到千驮木，花了五日元运费啦；那个花匠很有钱啦；又说在那种地方盖了要花四十日元租金的房子，谁肯去住啦，等等，都是一些多余的话。最后，他得出了结论：现在没有人去住，肯定要跌价，到时候再去交涉，一定把它租过来。看起来，广田先生却没有想到这一点，他说道：

"你呀，光顾讲废话了，时间都给耽误了。你应该早点出来才是啊。"

"说的时间长吗？你好像在画什么吧？先生也真够优游自在的。"

"不知道究竟哪个自在哩。"

"那是什么画？"

先生没有吱声。这时三四郎一本正经地问：

"那不是灯塔吗？"

画的作者和与次郎大笑起来。

"要是灯塔那太奇怪啦。我看，画的是野野宫宗八君吧？"

"为什么？"

"因为野野宫君在外国就发光，在日本就昏暗。——谁也不知道他，只好凭着相当微薄的工资闷在地窖里——实在是一桩不合算的买卖。每当看到野野宫君的面孔，就让人产生无限怜惜之情。"

"你这号人，只能朦胧地照亮周围两尺左右的距离，不过是一只小圆灯。"

与次郎被比作小圆灯，他突然冲着三四郎问：

"小川君，你是明治几年生的？"

"我二十三岁。"三四郎简短地回答。

"所以说嘛——先生一提起小圆灯、烟袋锅什么的，我总觉得讨厌。也许生在明治十五年以后吧，对旧式的东西，有一种厌恶的心理。你感觉怎么样？"与次郎又问三四郎。

"我并不觉得特别讨厌。"三四郎说。

"也许因为你是九州乡下出生的，脑瓜子和明治元年那时候差不多。"

三四郎和广田没有搭理这种说法。向前走了一阵，只见古寺旁边的杉树林被砍倒了，一座漆成蓝色的西式洋房坐落在洁净的地面上。广田先生看看古寺，又望望那涂漆的洋房。

"这是不合时势的东西，日本的物质界和精神界都是如此。你知道九段的灯塔[1]吗？"广田又提到了灯塔，"那是个老古董，曾在《江户名胜图录》[2]里出现过。"

"先生，别开玩笑了，九段的灯塔不管如何古旧，怎么可能在《江户名胜图录》里出现呢？那还了得！"

广田先生笑了。他明明知道和《东京名胜》那本彩色版混为一谈了。据先生说，在保留着的古式灯塔旁边，竟盖了一座偕行社[3]一般的新式砖瓦建筑，两者并列一处，看上去实在滑稽。但没有人注意到这点，谁都不以为怪。这种现象就代表着日本的社会。

与次郎和三四郎都点头称是。他们经过寺院前边，走了一里多路，发现一座大黑门。与次郎提议穿过此门到道灌山去。问他可以穿行吗，他蛮有把握地说，这是佐竹的别墅，谁都可以通过，没关系。其余两人也都同意了。进了门，穿过竹林，来到一个古池旁边。这时，走出来一个看门人，把他们三个大骂了一顿。与次郎点头哈腰地向那人一个劲地赔礼。

1　明治四年（1871），为出入东京湾的船只作标识而建立于九段坂上的灯塔。

2　原文作"《江户名所图会》"，即江户（今东京）地志，斋藤幸雄编，长谷川雪旦绘，成书于日本文化年间（1804—1818），1834 年由幸雄的孙子幸成辑成七卷二十册出版。

3　旧陆军的交际场所，位于东京九段中央。

他们来到谷中，绕过根津，傍晚时分回到本乡的住地。三四郎这半天玩得很痛快，近来他还未曾有过这样高兴的时候。

第二天到学校一看，与次郎不在。以为中午他会来，结果也没来。到图书馆去找，仍然不见他的人影。从五点到六点，都是上的文科公共课，三四郎去听了。这时候做笔记吧，光线太暗，开电灯吧，又嫌太早。细长的窗户外面长着一棵大榉树，枝叶深处渐渐昏黑下来。教室里，讲课先生的面孔和听讲学生的面孔，都一起模糊了，好比摸着黑吃馒头，总觉得有些神秘。三四郎大凡听不懂的地方，总感到很奇妙，双手托着腮听下去，神经迟钝了，意识也朦胧了。他觉得只有这样的课才有价值。这当儿，电灯霍然亮了，万物都照得清晰了。学生们急着想赶回寓所吃饭，先生也体察到大家的心情，随即草草把课讲完。三四郎快步回到了追分。

他换过衣服，坐到饭盘前面。盘里摆着一碗鸡蛋羹，还有一封信。三四郎望望封皮，一看便知道是母亲寄来的。真有些过意不去，半个多月来，完全把母亲给忘了。从昨天到今天，什么不合时势啦，不二山的人格啦，神秘的讲课啦，由于光注意了这些，那女子的影像一次也未出现在脑海里。三四郎为此而感到满意。他决定等会儿再慢慢细读母亲的来信，他先把饭吃完，又吸了一支烟，看到烟雾，又想起刚才的讲课来。

这时，与次郎突然来了。问他为何缺课，他说只顾寻找出租的房子，哪还有心思到学校去。

"干吗要急着搬家？"三四郎问。

"还急呢，本来上月中旬就要搬的，一直拖延至今。后天

就是天长节 [1]，明天是非搬不可了，你看哪里有合适的吗？"

既然这样紧迫，昨天又像散步又像找房子地游逛了半天，三四郎实在有些不理解。与次郎解释了一番，说那是陪伴先生。

"你以为先生会去找房子吗？这本来就错了。先生这个人从来不会去看房子的。昨天这事肯定有些蹊跷。幸好闯进了佐竹的私宅，吃了一顿痛骂，真够面子啊。——哎，你知道什么地方有吗？"与次郎再三催促。

与次郎前来好像就是为了这一目的。三四郎仔细问明缘由，才知道眼下这家房东是个高利贷者，胡乱提高房租。与次郎有些气不过，主动提出马上退租，因此与次郎是责任在身哩。

"今天到大久保看了看，还是不行。——说起大久保，顺便到宗八君家去了，见到了良子小姐。真可怜，面色还是那样不好。——辣姜美人儿——她母亲托我向你转致问候，听说打那以后，那一带很平安了，再没有发生过车祸。"

与次郎东说一句西扯一句。他平时就很随便，加上今天为找房子，心里焦躁，说了一段话之后，总是要问一下："你知道什么地方有呢？""什么地方有呢？"就像歌中夹着过门一样。最后弄得三四郎也发笑了。

说着说着，与次郎心气平静地落了座，他兴致很高，甚至借用了"灯火可亲" [2] 这样的汉语词儿，话题无端地提到了广田

---

1 天皇诞生日。

2 韩愈《符读书城南诗》："灯火稍可亲，简编可卷舒。"意思是秋凉时节，最宜灯下夜读。

先生。

"你的那位先生叫什么来着？"

"他名苌，"与次郎随后用手写了写，"这草字头是多余的，不知道字典里有没有这个字，这名字倒挺怪的。"

"是高中的老师吗？"

"他一直担任高中的老师，是个了不起的人物。常言道十年如一日，他现在已经干了十二三年了。"

"有孩子吗？"

"哪有什么孩子，至今仍然一个人啊。"

三四郎有些惊讶，他怀疑这么大年岁怎么还是个独身。

"为什么不娶夫人呢？"

"这正是先生之所以成为先生之处，他可是个了不起的理论家啊。据说他决定不娶妻之前就从理论上推断，妻子是要不得的。多迂腐！所以他一直处在矛盾之中。先生说，再没有比东京脏的了，可是一见那石门，就惶惶不安，连说不行不行，太豪华了。"

"那么不妨娶个妻子试试看。"

"他也许会说好极了之类的话呢。"

"先生说东京脏，日本人丑，看来他是留过洋的啰？"

"怎么会呢，像他这样的人，不论看待什么事，头脑比事实还要发达，所以才会有这些想法。他是通过照片研究西洋的。他指着许多照片，巴黎的凯旋门，伦敦的议事厅……用那些照片来衡量日本当然不堪设想，确实显得很脏了。可他自己住的那地方，不论如何脏，他都能安之若素，你说怪不怪。"

"他乘过三等火车哩。"

"那他没有叫'太脏啦、太脏啦'吗？"

"不，他倒没有显得不满意。"

"先生到底是位哲学家呀。"

"他在学校里教哲学吗？"

"不，他在学校只教英语，有趣的是，他这种人是自己走上研究哲学的道路的。"

"有什么著作吗？"

"什么也没有，虽然经常写点论文，可毫无反响。这样不行，因为他完全不了解这个社会，所以一筹莫展。先生常说我是小圆灯，这位夫子本身却是伟大的黑暗。"

"不管怎样，总还是立身扬名为好吧？"

"虽说出世为好，先生他自己却无所事事，不说别的，若没有我，他一天连三顿饭都吃不上。"

三四郎笑了，他想，怎么会有这等事。

"不骗你，先生啥事不干，到了令人可怜的地步。万事都由我吩咐女仆，叫她处处照顾得先生满意。且不说这些琐细的小事，我还打算好好出一把力，让先生弄个大学教授干干。"

与次郎踌躇满志，三四郎听到他的豪言壮语颇感震惊。这且不算，还有更叫人惊奇的呢，最后与次郎突然拜托道：

"搬家时请务必来帮忙。"

听他那口气，好像房子一定能够拿到手似的。

与次郎回去时，大约将近十点钟。三四郎独自坐着，总感到有一股寒意。定睛一看，桌前的窗户没有关。拉开格子门，外面是月夜。月光照射在阴阴的桧树上，一派青苍。树影边缘笼罩着淡淡的烟雾。秋意也浸染着桧树，这景象十分罕见。

三四郎边想边关上了挡雨窗。

三四郎即刻上床睡了。三四郎与其说是个爱用功的学生，不如说是个具有"低徊趣味"[1]的青年，所以他不大读书。每每遇到触及心灵的情景，就一遍又一遍地在头脑中琢磨，陶醉在一种新鲜的感觉之中，仿佛探索着命运的奥秘。今天，正当神秘的讲课进行时，电灯突然亮了。要是平时，三四郎一定要反复体味而不胜欣喜。可是母亲有信来，他得首先处理这件事。

信上写着，新藏送来了蜂蜜，掺在烧酒里每晚喝上一杯。这位新藏是家里的佃户，每年冬天总要送二十袋租米来。他为人正直，但是个火暴性子，动不动就拿劈柴打老婆。三四郎躺在床上，想起了往昔新藏养蜂的情景。那是五年前的事了。新藏看到屋后的椎树上叮着二三百只蜜蜂，立即在半漏斗上喷了酒，将那群蜜蜂全部捕获，然后装在木箱里，放在向阳的石头上。箱子边上打了眼儿，供蜜蜂出入。蜜蜂渐渐繁殖起来，一只箱子装不下，分成两只，两只箱子又装不下，再分成三只。这样越繁殖越多，眼下足有六七箱了。每年要从石头上卸下来一只箱子，说要为蜂子割蜜。三四郎每年暑假回家，新藏总是许愿要给他蜂蜜吃，可最后从未拿来过。今年记性倒不差，居然履行起一年前的诺言了。

信上还说：

"平太郎为他父亲建造了石塔，请我去看。走到那里只见寸草不生的红土院落正中，竖着一块花岗石，平太郎为这块花岗石颇感自豪。石头是从山上采的，光是凿石就花了好几天，

---

1 原文作"低徊家"，夏目漱石自称是具有"低徊趣味"的人，意指不追究事理，用达观的心情看待和品味各种现象的人生态度。

请石匠花了十日元。他还说乡下人什么也不懂，府上的少爷是上了大学的，一定知道这石头的好坏。下次写信请代问一声。他想让你赏识一下这块花了十日元为他父亲置办的石塔。"

三四郎独自一人嘿嘿一笑，这石塔要比千驮木的石门豪华多了。

信中还叫三四郎寄一张身穿大学学生服的照片去。三四郎思忖着什么时候去照，再向下一看，未出他所料，母亲谈到了三轮田阿光姑娘的事：

"前些日子，阿光姑娘的母亲来商量，她说：'三四郎就要上大学了，等毕业后就把闺女娶过来，好吗？'阿光姑娘模样儿生得俊，脾气又温柔，家里田地很多。再说两家本来就有关系，要是能结亲，对双方都有好处。"

下面缀有几句附言：

"阿光姑娘也是会愿意的。提起东京人，心地难以知晓，我不喜欢。"

三四郎把信叠好，装进信封，放到枕头旁边，阖上了眼睛。老鼠立即在天花板上面闹腾起来，不久又平静了。

三四郎眼前有三个世界。一个遥远，这个世界就像与次郎所说的具有明治十五年以前的风气，一切都平稳安宁，一切也都朦胧恍惚，想回去就能立即回去，当然回到那里是毫不费力的。然而，不到万不得已，三四郎是不愿回去的。也就是说，那地方是他后退的落脚点。三四郎把已经摆脱了的"过去"封存在这个落脚点里。一想到慈爱的母亲也将葬身在这样的地方，立时觉得太可怜了。因此，当母亲来信的时候，他便暂时在这个世界上低徊，重温旧情。

第二个世界里，有着遍生青苔的砖瓦建筑，有宽敞的阅览室，从这头向那头望去，看不清人的脸孔。书籍堆得老高，只有用梯子才能够到，有的被磨损，有的沾着手垢，黑乎乎的，烫金的文字闪闪发光。羊皮、牛皮封面，以及两百年前的纸张，所有的书籍上都积满了灰尘。这是打从二三十年前渐渐积聚起来的宝贵的尘埃，是战胜了宁静日月的宁静的尘埃。

再看看活动在第二世界的人影，大都长着未加着意修整的胡子，走起路来有的脸朝天上，有的低头瞅着地面。服装全都脏污，生活无不困乏，然而气度又很从容不迫。虽然身处电车的包围圈里，但仍能整天呼吸着太平盛世的空气而毫无顾忌之色。进入这个世界的人，因不了解时势而不幸，又因逃离尘嚣的烦恼而有幸。广田先生就在这里，野野宫君也在这里。三四郎眼下也稍稍领略了这里的空气，要出去也能出去，但是，舍掉好不容易才尝到的个中情味也实在遗憾。

第三个世界灿烂夺目，宛如春光荡漾。有电灯，有银匙，有欢声，有笑语，有发泡的香槟酒，有堪称万物之冠的美丽的女性。三四郎同其中的一个女子说过话，同另一个见过两次面。对于三四郎来说，这个世界是最深厚的世界。这个世界就在眼前，但很难接近。从难以接近这点上来说，犹如天边的闪电一般。三四郎远远地遥望着这个世界，觉得不可思议。他觉得自己要是不进入这个世界，就会感到这世界某些地方有着缺陷，而自己仿佛有资格成为这个世界上某一处的主人。尽管如此，理应得到繁荣发达的这个世界，却束缚了自己的手脚，阻塞了自己自由出入的通道。三四郎对这些都感到不可理解。

三四郎躺在床上，把这三个世界放在一块儿加以比较，然后又把三者搅混在一起，从中得出一个结果来。——总之，最好是把母亲从乡间接出来，娶个漂亮的妻子，一门心思搞学问。

这愿望倒很平凡，但是在他确立这样的愿望之前，是经过种种考虑的，所以对一个惯于凭借思索的力量来左右结论价值的思考家来说，这种愿望不算平凡。

然而这样一来，偌大的第三世界就被一个渺小的家眷所代替了。美丽的女性很多很多，要把美丽的女性翻译出来，也会各色各样。——三四郎学着广田先生，使用了"翻译"这个字眼。倘若能够翻译成人格化的语言，那么为了扩大由翻译而产生的感化范围，完成自己的个性，就必须尽量接触众多美丽的女性。要是只满足于了解妻子一人，那就等于自动使自己的发展走向不完备的道路。

三四郎按照这种逻辑推理，把思想发展到这一步，发现多少受了一些广田先生的影响，事实上，他并没有这样痛感不足。

翌日来到学校，讲课内容照例枯燥无味，教室的空气却依然有些脱俗。午后三点钟之前，三四郎完全是个第二世界的人了。当他带着一副伟人的姿态走到追分的派出所前面时，忽然同与次郎相遇。

"啊哈哈哈，啊哈哈哈！"

伟人的姿态经这一笑彻底崩溃，派出所的警察也忍俊不禁了。

"什么事？"

"没什么，你走路的姿态最好能像个普通的人，实在显得有些浪漫阿罗尼[1]。"

三四郎听不懂这句外文的意思，他无可奈何地问道：

"房子找到了吗?"

"我正为这事找你哩。明天搬家，想请你帮忙。"

"搬到哪里?"

"西片町十段三号。九点钟之前到那儿大扫除，请你在那里等我。我随后就到，好吗? 九点以前，十段三号，我走了。"

与次郎匆匆忙忙走过去了，三四郎也匆匆忙忙回寓所。他当晚又赶到学校，到图书馆查阅了"浪漫阿罗尼"这个词儿，才知道是德国的施莱格尔[2]倡导使用的一句话。他曾表明过这样的主张：一切所谓天才者，都应是没有目的，不加努力，终日游手好闲的人，否则就不称其为天才。三四郎这才放心，回到寓所很快就睡了。

第二天虽逢天长节，但已经约好了，只得按时起床，权当到学校跑一趟，来到西片町十段，找到了三号，原来是座旧房，坐落在一条狭窄小巷的中央。

一座西式房屋突出在前头，代替了大门，客厅与这间屋子构成个直角。客厅后面是茶室，茶室对面是厨房，旁边是女仆的房间。此外，楼上还有房间，但不知有几铺席大。

三四郎受托来这里扫除，可他认为没有什么打扫的必要。当然房间不算干净，但确实也没有什么应该丢弃的东西。如果

1　原文是德语 Romantische Ironie，德国文学史上的术语，意思是为了求得艺术创作和批评中取材的自由，站在脱离一切的非现实的高度，凭借艺术家的自我意识，无视现实世界的不合理性，提倡精神上的绝对自由化。

2　Friedrich Von Schlegel（1772—1829），德国哲学家、诗人、文艺批评家，德国浪漫派理论的倡导者。

硬要丢，那就只能是铺席等这些陈设了。三四郎一面思忖，一面打开挡雨窗，坐在客厅的回廊上，朝院子里眺望。

那里有一棵高大的百日红，树根长在邻家，上半个树干从花墙上方横曳过来，占领着这边一片天地。另有一棵大樱树，生在花墙的正中间，一半枝条直伸到马路上方，差一点阻碍电话线。还有一株菊花，看样子是寒菊，一直未开放过花朵。此外再没有什么了，是个颇为简陋的庭院。然而地面平整，土质细密，显得非常好看。三四郎望着泥土，好像这庭院可供观赏的只有这泥土地面。

这当儿，高级中学响起了天长节庆典的钟声。三四郎听着这钟声，想到时间该是九点了。他觉得啥事不干也有些说不过去，哪怕打扫一下樱树的枯叶也好。但又转念一想，这里连个扫帚也没有，于是又重新坐到回廊上了。约莫过了两分钟，庭院的木门吱地开了，简直没有料到，那位池畔的女子出现在院子里。

方形的庭院两边围着花墙，面积不到三十平方米，三四郎一眼瞧见那位池畔女子站在这逼仄的天地里，忽然惊悟：鲜花自当剪下来插在花瓶里观赏啊！

此时三四郎离开了廊缘，那女子也离开了栅栏门。

"实在有些对不起……"

女子先说出了这句话，略略施礼。她那整个上半身照例向前微微倾了倾，脸孔一点也没有低下来。她一边行礼，一边盯着三四郎。从正面看起来，女子的脖颈伸得老长，她那眼睛同时映进三四郎的眸子里。

两三天前，美术教师给三四郎观看了格鲁兹[1]的画。当时，美术教师讲解道：此人画的女人肖像，无不富有肉感刺激的表情。肉感！用这个字眼儿形容池畔女子此时的眼神最恰当不过了。她在倾吐着什么，倾吐着一种艳情。这种艳情正在刺激着官能。这种倾吐居然透过骨骼深入到神髓中去了。它超越了甜美的感觉而变成一种强烈的刺激，与其说这是甘美，不如说是一种痛苦。当然，它又是同谦卑有别的。这又是一种残酷的眼神，令人看了准会想对她讨好一番。而且这女子和格鲁兹的画比起来，没有任何相像之处，那眉眼比画面上的要细巧一半。

　　"广田先生新搬的住处就是这儿吗？"

　　"嗳，是这儿。"

　　同女子的声音和语调相比，三四郎的答话真有些太粗俗了。三四郎也发觉了这一点，但一时又想不起别的话来。

　　"还没有搬过来吗？"女子的话听起来清清朗朗，没有平常人那种支支吾吾的地方。

　　"还没有呢，也许就要搬来了。"

　　女子逡巡了一会儿，她手里提着一个大篮子。女子的衣着有些不比寻常，看上去只觉得不像平时那样光亮，底子上像嵌着许多小颗粒，上面交织着条纹。那色调显得很不规则。

　　樱树的叶子不时地从头顶上飘落下来。有一片树叶竟然落到篮盖上了，眼看就要粘住，谁知一阵风来又吹走了。风包围着女子，女子伫立于秋色之中。

　　"你是……"

1　Jean-Baptiste Greuze（1725—1805），法国画家，他惯以感伤的道德情操，描画同时代的市民生活。

风向旁边吹去的时候，女子向三四郎问道。

"我是受托来打扫房子的。"

三四郎说罢，忽然意识到刚才自己呆坐时的情景已经被她看到，不好意思地笑了。

"那好，我就稍等一会儿吧。"

女子也笑了。听她的口吻，似乎在征求三四郎的同意。三四郎格外高兴，便顺口说了声"唔"。三四郎本想说："唔，那就请等一会儿吧。"谁知只简略到了一个字。那女子依然站着。

"你是……"

三四郎没有办法，只得学着对方，原样儿反问了一句。

那女子把篮子放在走廊上，从腰带间取出一枚名片递给三四郎。

名片上写着"里见美祢子"，住址"本乡真砂町"，就是说，过了谷就到了。三四郎瞧着这张名片的当儿，女子已经坐到廊缘上了。

"我曾经见过你哩。"三四郎将名片装进衣袖，抬起头来。

"嗯，有一次在医院……"女子说着也望望三四郎。

"还有呢。"

"还有一次是在池畔……"女子立即回答。真是好记性！三四郎这下子无言以对了。

"实在有些失礼啊！"最后，女子添了一句。

"不不，"三四郎回答得十分简洁。两人仰望着樱树枝，树梢上仅仅剩下几片被虫吃过的残叶。搬家的行李迟迟没有到。

"你找先生有什么事吗？"

三四郎突然这样发问。女子本来专心致志地望着樱树高高的枯枝，这时旋即转向三四郎，看那脸色，似乎冷不防吓了一跳。然而她的回答又显得很寻常。

"我也是受托前来帮忙的。"

三四郎这才留意。他一看，女子坐着的廊缘上全是沙土。

"那里有沙土，会把衣服弄脏的。"

"哎。"

她只是左右瞧了瞧，没有动。她环视了一下廊缘，然后把眼睛转向三四郎，冷不丁地问道：

"你都扫完了吗？"

她笑了。三四郎从她的笑声里找到了可以亲近的东西。

"还未动手呢。"

"我来帮你一起扫吧。"

三四郎立即站起来。女子没有动，她坐在那儿问扫帚和掸子在哪里。三四郎告诉她，自己是空着手来的，根本没有什么扫帚和掸子，不妨到街上买吧。女子回说，那也用不着，不如到邻家借用一下为好。三四郎旋即去了邻家，很快借来了扫帚、掸子，还有水桶和抹布，急匆匆地赶回来。女子依旧坐在老地方，望着高高的樱树枝头。

"有啦！……"她只说了一句。

三四郎扛着扫帚，右手拎着水桶。

"哎，这不是有啦。"他随口答道。

女子穿着白布袜，登上积满尘沙的廊子，她走了几步，地上留下细小的脚印。她从袖子里掏出白色的围裙系在腰间。围裙边缘绣着花纹，颜色很好看，系着它来大扫除，似乎太可惜了。女子拿起了扫帚。

"咱们扫起来吧。"

她说罢，从袖子里伸出手，把耷拉下来的袖口撩到肩头，露出两只细嫩的胳膊。搭在肩上的袖筒衬着美丽的内衣袖口。三四郎茫然地站了一会儿，猛地哗啦哗啦晃动起水桶，绕到厨房门口去了。

美祢子扫过的地方，三四郎便再用抹布擦一遍。三四郎敲打铺席的当儿，美祢子就掸格子门。各处大体上扫除了一遍之后，他俩也渐渐混熟了。

三四郎拎着水桶到厨房换水，美祢子拿着掸子和扫帚上了二楼。

"请来一下。"她在上面招呼三四郎。

"什么事？"三四郎拎着水桶，在楼梯下边问。

女子站在暗处，只有围裙是雪白的。三四郎提着水桶向上走了两三级。女子凝视着他。三四郎又向上登了两级。黑暗之中，美祢子和三四郎两人的脸只相差一尺远了。

"什么事？"

"太暗了，看都看不清。"

"为什么？"

"不为什么呀。"

三四郎不打算再穷追下去，他从美祢子旁边擦身而过，上楼去了。三四郎把水桶放在昏暗的廊缘边，然后去开门。谁知连插闩都看不清。这时，美祢子也上来了。

"还没打开来吗？"

美祢子向对面走去。

"在这儿呢。"

三四郎默然不响地向美祢子那边靠近。当他的手快要触到美祢子的手的时候，不巧踢到了水桶，发出巨大的声响。好容易打开一扇门，强烈的阳光直射进来，令人目眩。两人对望了一下，不由得笑起来。

后面的窗户也开了。窗户上装着竹制的格子，可以望见房东的院子，里头养着鸡。美祢子又开始打扫了。三四郎趴着在后面擦拭。美祢子两手拿着扫帚，望着三四郎的姿态，叫了一声。

过一会儿，她把扫帚放在铺席上，走到后窗跟前，站在那儿向外面眺望。这当儿，三四郎也擦完了，他把湿抹布扑通一声扔进水桶，站到美祢子身旁。

"瞧什么来着？"

"你猜猜。"

"是鸡吗？"

"不对。"

"是那棵大树吗？"

"不对。"

"那么你在看什么呢？我可猜不着。"

"我一直在看那朵白云哩。"

可不是吗，白云正打高空飘过。空中无限晴明，棉絮般闪光的浓云不断地从一碧如洗的天际飞过。风很猛烈，云脚被吹散开来，薄薄的一层可以窥见碧蓝的底子。有的被吹散了，又团聚一处，像汇集着无数根细软的银针，毵毵而立。

"多么像是鸵鸟的 boa[1] 呀！"美祢子指着一朵白云说。

---

1 英文，长毛围巾。

三四郎不懂"boa"这个词的意思，因此也就直言说不知道。

"哦，"美祢子立即将"boa"的词义认真地讲了一遍。

"唔，这回我懂啦。"三四郎说道。

于是，他把最近从野野宫君那儿听到的都告诉了她：据说那白云都是雪霰组合成的，从地上看过去是那般飘动，实际上它跑得比飓风还要快呢。

"哎呀，是吗？"美祢子说罢，盯着三四郎，"要是雪，那就没意思啦。"一副不容否定的语气。

"为什么？"

"你想，云总该是云才好呀。要是那样的话，哪里值得这么远远观望一番呢？"

"是这样？"

"什么'是这样'？你以为是雪也无碍吗？"

"你好像很喜欢仰望天上的东西哩。"

"嗯。"

美祢子仍旧透过竹格子遥望空中，白云一片接一片连连飞过。

这时，远处响起运货车的声音。从响声上可以辨出，车子拐进静寂的横街正向这里驶来。三四郎叫了声"来啦"，美祢子回了句"真快呀"，依旧凝神仰望。她侧耳静听，仿佛那辚辚的车声同飘飞的白云有什么关系似的。车子冲破宁静的秋色，直奔这里行驶，不一会儿在门外停了下来。

三四郎撇下美祢子跑下了楼。三四郎刚走出大门时，与次郎也同时进入大门。

"你来得真早。"与次郎首先招呼。

"你倒迟啦。"三四郎回答。他是把与次郎和美祢子相对而言的。

"还迟呢，行李要一趟运完，有什么办法？况且就我一个人，此外只有女仆和车夫，他们什么事也不可指望。"

"先生呢？"

"先生上学校了。"

两人谈话之间，车夫开始卸行李，女仆也进来了。与次郎和三四郎叫女仆和车夫到厨房去，他俩便把书籍搬进西式房间。书很多，排放起来很费工夫。

"里见小姐还没来吗？"

"来了。"

"她人呢？"

"在楼上。"

"在楼上干什么？"

"我也不知道，反正在楼上。"

"别开玩笑啦。"

与次郎拿着一本书，沿走廊来到楼梯口，用平常的一副腔调喊道：

"里见小姐，里见小姐！请下来帮忙整理书籍。"

"这就来。"

美祢子拿着扫帚和掸子，缓缓地下了楼。

"你在干什么呀？"与次郎从下边焦急地问。

"在楼上扫除呢。"上面传来回答。

与次郎总算等美祢子下了楼，把她领到西式房间。车夫卸下来的书物堆积如山，三四郎脸朝里面蹲着，不停地翻看着什么。

"哎呀，真不得了，怎么整理呢？"

美祢子说罢，蹲在地上的三四郎随即转过头来，嘻嘻地笑了。

"什么不得了？先搬到屋里，然后再归拢。先生这就回来，也会帮忙的，没什么。我说，你干吗蹲在那儿看呢，等会儿借回去慢慢读不好吗？"与次郎嘀咕着。

美祢子和三四郎两个在门口把书理齐，再由与次郎接过去摆进屋内的书架上。

"这样乱怎么成呢，还该有一册续集哩。"与次郎将一本蓝皮书挥了挥。

"可是找不到呀。"

"怎么会没有呢？"

"找到啦，找到啦！"三四郎说。

"哎，我瞧瞧。"美祢子凑过脸来，"*History of Intellectual Development*[1]。哦，找到了呀。"

"什么找到没找到的，快点拿过来！"

三个人耐着性子干了半个多钟头，最后连与次郎也不再催促了。只见他冲着书架默默地盘腿坐着。美祢子捅捅三四郎的肩膀。

"哎，怎么啦？"三四郎笑着问。

"唉，先生这个人也收集这么多没用的书，他究竟作何打

---

[1] 《智能发展史》，为英国人克罗齐（John Beattie Crozier，1849—1921）所著。

算呢？真叫人哭笑不得，不如全变卖了，买份股票什么的倒可以赚上一笔哩。真拿他没法子。"与次郎叹息了一声，依然面壁而坐。

三四郎和美祢子相互对望着笑了，排放书籍的主角不动了，他俩也停了工。三四郎翻阅一本诗集，美祢子把一本大画册摊在膝头观赏起来。厨房那边，临时雇用的车夫和女仆不停地争论着什么，吵吵闹闹的。

"你来瞧瞧。"美祢子轻声说道。三四郎探过身子，脸孔凑近画册。美祢子的头发散放着香气。

画上有一美人鱼，一个女子赤裸裸光着上身，下身成鱼的形状。鱼体盘曲着，下面只露出个鱼尾来。画中人一手用梳子梳着长发，另一只手兜着梳剩下的发梢，面向着这边。背后是广阔的大海。

"美人鱼。"

"美人鱼。"

两人把头贴在一起，异口同声地说。

"什么？你们在看什么？"

此时，与次郎正盘腿而坐思考着什么，他说着来到走廊上。三个人聚拢一处，翻看着画册的每一页，一边评头品足，无非都是随便议论一番。

这时，广田先生穿着礼服从庆祝天长节的会场上回来了。三个人合上画册，一齐向先生致意。先生吩咐快些把书籍整理好，于是三个人又耐着性子干起来。这回主人在场，看来不能再磨蹭下去了。一小时之后，走廊上的书籍总算都塞进了书架。四个人并排站在一起，对着整整齐齐的书籍瞧了瞧。

"其余的明天再收拾吧。"与次郎说。他的意思是先将就一下吧。

"藏书真不少呢。"美祢子说。

"这些书先生都读了吗?"三四郎最后问。看起来,三四郎想借鉴别人的经验,认为有必要把这个问题弄清楚。

"哪里能读过来呢,佐佐木也许都看过了吧?"

与次郎搔了搔脑袋。三四郎显得很认真,他说前一个时期,自己在学校图书馆借了一些书来读,可不论哪一本,准有人看过。又试着借了一本阿弗拉·贝恩写的小说,仍然留有别人读过的痕迹,因为很想知道读书究竟应该有多大的范围,这才问问看的。

"我也读过阿弗拉·贝恩的作品。"

三四郎对广田先生的这句话很感惊奇。

"奇怪吗?说起来,先生专门爱看人家不爱读的书。"与次郎说道。

广田笑着走向客厅,想必是去换衣服吧。美祢子也跟着走了,这时与次郎对三四郎说:

"正因为如此,先生才被称作'伟大的黑暗'的。他无书不读,但一点也不发光。倘能多少看一点时髦的东西,露它两手就好啦。"

与次郎的话绝非冷嘲。三四郎默默地望着书架,这时,客厅里传来了美祢子的喊声:

"有好吃的,二位快来呀!"

两人顺着书斋的走廊来到客厅,只见屋中央摆着美祢子拿来的篮子,篮盖已经揭开,里面装满了夹心面包。美祢子坐在一旁，将篮里的东西分盛在小碟子里。与次郎和美祢子一问一答地交谈起来。

"你倒没有忘，把东西带来了。"

"我是特地去订的。"

"这篮子也是买的？"

"不是。"

"是自家的？"

"嗯。"

"这篮子真大，车夫随你一道来的吗？你可以让他代劳一下嘛。"

"车夫今天出车了。别看我是女的，这点东西我拿得动。"

"你当然可以，换个别的小姐，就不会这样干了呀。"

"是这样的吗！要是这样，我也不干了。"

美祢子一边用小盘子盛食物，一边应付着与次郎。她谈吐自然流利，而且沉着冷静，几乎不瞧与次郎一眼。这使三四郎非常敬服。

女仆从厨房端茶进来，大家围着篮子吃起夹心面包。沉默了片刻，与次郎像是想起了什么，他问广田先生：

"先生，我顺便问一问，刚才那个叫作什么贝恩来着？"

"阿弗拉·贝恩吗？"

"这位阿弗拉·贝恩是干什么的？"

"英国闺秀作家，十七世纪的。"

"十七世纪太古远了，不能登在杂志上了。"

"是古远了一些，但她却是第一位从事小说创作的女作家，很有名。"

"有名也不成，我再问一下，她写了哪些作品？"

"我只读过一本叫《奥鲁诺克》(*Oroonoko*)的小说。小川君，全集里有这本小说吧？"

三四郎忘得一干二净，向先生询问这本书的梗概，"据说这部小说写的是一个名叫奥鲁诺克的黑人王族，被英国船长所骗，卖身为奴，历尽千辛万苦的故事。而且这件事被后世作家所看到的真人真事而坚信不疑。"

"真有意思，里见小姐，怎么样？你也写一本《奥鲁诺克》吧。"与次郎又转向美祢子。

"写倒是可以写，不过我没有亲眼见过那样的事情呀！"

"如果需要找个黑奴主人公，小川君不是挺合适吗？九州的男子，皮肤黑黑的。"

"真刻薄！"美祢子似乎在为三四郎辩护。接着她马上转向三四郎，问：

"你说可以写吗？"

三四郎瞧着她那副眼神，想起早晨这女子从木栅门闪进来的那一瞬间的姿影，心情自然地陶醉了。这是一种如醉如痴的感觉啊。他当然没有说出"请写吧"之类的答话来。

广田先生照例抽起烟来。与次郎为之下了评语，说这是从鼻孔喷出的"哲学之烟"。可不是嘛，喷烟的方式确实有些不寻常，又粗又浓的烟柱从两个鼻孔里悠悠然地钻了出来。与次郎凝视着这烟柱，将半个脊背倚在格子门上，默然不响。三四郎茫然地望着院子的上空。这不像是搬家，简直是个小型的集会，谈话也随之活跃起来。唯有美祢子躲在广田先生背后，着手拾掇先生刚才脱下的西服。看来，先生也是在美祢子照料下才换上和服的。

"刚才讲到奥鲁诺克的故事，你生性莽撞，出了岔子总不太好，顺便再说一点吧。"

"哎，我听着。"与次郎一本正经起来。

"那本小说出版后，一个叫作萨瑟恩[1]的人又将这个故事改编成剧本，名称相同，不能混为一谈呀。"

"哎，我不混为一谈。"

美祢子收拾好西服，瞅了瞅与次郎。

"那个剧本中有一句名言，叫作 Pity's akin to love[2]……"说到这里，一个劲儿喷出"哲学之烟"来。

"日本也有这样的说法哩。"这回是三四郎开口了。其余的人也都随声附和，可谁也想不起来。于是决定翻译过来看看。四个人各行其是，怎么也得不到统一。临了，与次郎提出了自己的见解：

"这句话非用俗语译不成，话的意趣就在于是俗语啊。"

于是，其余三人将翻译权一并委任给与次郎。与次郎思索了一会儿。

"虽然有些勉强，可以这样译吧？——可怜即是恋慕。"

"不行，不行，这太拙劣啦。"先生忽然皱起眉头。这种译法仿佛确实很拙劣似的，三四郎和美祢子也嘻嘻地笑。这笑声尚未停止，院子的木门吱呀一声开了，野野宫君走了进来。

"已经大致收拾停当了吧？"

野野宫君来到走廊正对面，窥伺了一下屋里头的四个人。

1　Thomas Southerne（1660—1746），英国剧作家。
2　英文，"怜悯近于爱"。

"还没有整理好呢。"与次郎连忙说。

"能不能帮帮忙呀?"美祢子附和着与次郎说。

"挺热闹嘛,什么事儿这样高兴?"野野宫君嘿嘿地笑着,一转身坐到廊缘边。

"刚才我翻译的一句话挨先生骂了。"

"翻译!翻译什么呀?"

"没有多大意思,内容是说怜悯即恋慕。"

"哦,"野野宫君在廊缘上转了转角度,"这到底是什么意思,我真弄不懂。"

"谁也不懂呀!"这回先生发言了。

"不,因为这句话太简练了——要是稍微延长些,就变成了这样的意思:所谓怜悯,也就是意味着爱情。"

"啊哈哈哈,那么原文是怎么说的呢?"

"Pity's akin to love。"美祢子重复地说。她的发音清脆而动听。

野野宫君离开廊缘,向院子里走了两三步,不久又转过身,停在屋子的对面。

"不错,译得好!"

三四郎不由得审视起野野宫君的态度和视线来。

美祢子到厨房洗了碗,沏上新茶,然后端到回廊边来。

"请用茶。"她说罢坐下来,"良子小姐怎么样啦?"

"哎,身子已经康复啦。"野野宫君坐下喝茶,然后稍微转向先生。

"先生,我好容易搬到大久保,这回又不得不搬到这里来了。"

"为什么?"

"妹妹说,她上学不愿意来往经过户山原野,又说什么我每晚搞实验害得她要等到很晚，寂寞难耐。当然，目前有我母亲在，倒还不觉得，过些时候，母亲一还乡，就只剩下女仆了。两个人胆子都很小，怎么受得了呢？真是一件头疼的事啊！"

野野宫半开玩笑地叹息着。

"怎么样，里见小姐，你那地方能不能安置一个闲人呢？"他说着瞥了美祢子一眼。

"随时都可以接待呀。"

"接待哪一个呢？是宗八君，还是良子小姐？"与次郎开口了。

"哪一个都行。"

只有三四郎闷声不响。

"那么说你是怎么打算呢？"广田先生也认真地问道。

"只要妹妹有了着落，我暂时租寓所也行。否则就又非得搬家不可了。我曾想过干脆让妹妹住到学校宿舍去，可她是个孩子，总得找个地方，我能随时去，她也能随时来，这样才成呀。"

"看来，只有里见小姐那儿最合适了。"与次郎又提醒了一句。

广田先生没有理睬与次郎的话，他说：

"我这里的楼上倒可以让她住，无奈有个佐佐木在此啊。"

"先生，楼上请一定让佐佐木住呀。"与次郎自己为自己讲情。

"哎，总会有办法的。别看我这么大一个人，遇到事情可一筹莫展。她还想去参观团子坂的菊花玩偶，叫我带她去呢。"

"是应该带她去的呀，我也想看一看哩。"美祢子说。

"那就一道儿去吧。"

"哎，说定了，小川君也去吧？"

"嗯，我去。"

"佐佐木君也……"

"菊花玩偶有什么好看？与其看菊花玩偶，倒不如去看电影。"

"菊花玩偶好看呀。"这回广田先生开口了，"人工制作能到那种水平，恐怕在外国也是没有的。凭人的手能做出那样精巧的物件，倒是很值得一看的。那人物形象要是普普通通，也许不会有一个人跑到团子坂去，因为哪户人家肯定都有四五个，自然不用特地上团子坂了。"

"先生真是高论。"与次郎加以评价。

"过去在课堂听先生讲课，时常受到这样的熏陶。"野野宫君说。

"那么，先生也一道去吧。"美祢子最后说。先生默默不语，大家都笑了。

老女仆在厨房里喊："请哪位来一下。"与次郎应了一声，立即站起来。三四郎依然坐着。

"哦，我也告辞啦。"野野宫君站了起来。

"哎呀，这就回去吗？真难为你啦。"美祢子说。

"上回那件事再稍等些时候。"广田先生说。

"嗯，好的。"野野宫君答应了一声，出了庭院。

他的身影消失在木栅门外，美祢子忽然想起了什么，她一边叨咕"对啦对啦"，一边套上摆在庭院口的木屐，直奔野野宫追去。两人在外头说了一会儿话。

三四郎默然地坐着。

五

一跨进门，就看到胡枝子高过人头，长得十分茂盛，树根下面映出黑色的影子。这黑影在地上爬着，到了深处便看不见了，使人觉得它是上升到重重叠叠的绿叶里了。浓烈的阳光照着门外，洗手池旁生着南天竹，长得比寻常的要高，三根竹子依偎在一起，不时地摇摆着，竹叶罩在厕所的窗户上。

胡枝子和南天竹之间，可以看见一段回廊。这回廊是以南天竹为基点斜着延伸开去的。胡枝子遮挡着走廊的最远的一头。因此这胡枝子就近在眼前了。良子正好坐在廊缘上，她被胡枝子遮住了。

三四郎紧挨胡枝子伫立。良子从廊缘边站起来，双脚踩在平整的石头上。三四郎这才发现她个子很高，不由为之一惊。

"请进。"

她说话的口气仍然像是等待三四郎来访似的。三四郎想起那次去医院的情景，他越过胡枝子来到回廊上。

"请坐。"

三四郎穿着鞋，听话地坐下来。良子拿来了坐垫。

"请垫上。"

三四郎铺上坐垫。自打进了大门，他还没有说过一句话。看起来，这位单纯的少女光是将自己的想法告诉三四郎，但丝毫不想从三四郎那里得到什么回答。三四郎觉得仿佛来到天真无邪的女王面前，只有唯命是从了。没有必要讨好，哪怕说上一句迎合对方的话，也会使自己马上变得卑下。不如当个哑巴奴隶，任其摆布，反觉畅快。三四郎虽然被孩子气的良子当成了孩子，但一点也不感觉有损自尊心。

"找哥哥的吗？"良子接着问。

三四郎既不是来访野野宫的，也并非完全不是来访野野宫的。究竟为何而来？连他自己也闹不清。

"野野宫君还在学校里吗？"

"嗯，他总是很晚才回来。"

这一点三四郎也是知道的。他简直不知说什么好了。他看到走廊上放着画具盒子，还有一幅未完成的水彩画。

"在学画画吗？"

"嗯，我很喜欢画画。"

"老师是谁呀？"

"还没有达到拜师的程度哩。"

"让我瞧瞧。"

"这个？这个还没有画完呢。"

良子把尚未完成的作品递给三四郎。原来她正画着自家的庭院风光。画面上，已经出现了天空、前院的柿子树和门口的胡枝子。其中，柿子树涂得红红的。

"画得很好呀。"三四郎望着画面说。

"你是指的这画?"良子有些惊奇。她真的有些奇怪了，三四郎的语调丝毫没有做作的意思。

三四郎眼下不能说出带有玩笑意味的话，但也不能一本正经。因为这两者中间的不论哪一种态度，都会遭到良子的轻视。三四郎望着画面，心里却不是滋味。

从走廊向客厅环顾了一遍，周围寂静无声。茶室里不必说，厨房里也没有一个人影。

"婶母已经回乡下了吗?"

"还没有，不久就要动身的。"

"眼下在家吗?"

"出外买东西去啦。"

"听说你要搬到里见小姐家里去住，是真的吗?"

"你怎么知道的?"

"怎么知道? ——前一阵子在广田先生那儿听说的。"

"还没有决定，看情况也许要住过去的。"

三四郎稍稍知道了个中情由。

"野野宫君原来就和里见小姐很熟悉吗?"

"嗯，他们是朋友。"

三四郎心想，这是指男女之间的那种朋友了。他觉得有些怪，但又不好多问。

"听说广田先生是野野宫君原来的老师，是吗?"

"嗯。"

只一个"嗯"字，话便打住了。

"你愿意住到里见小姐的家里吗？"

"我吗？是啊，不过，那样太麻烦美祢子小姐的哥哥了。"

"美祢子小姐还有哥哥吗？"

"有，他和我家哥哥同年毕业。"

"也是理学士吗？"

"不，不在一个专业，他是法学士，他上面还有个哥哥，是广田先生的朋友，早就去世了。眼下只撇下这位恭助哥。"

"爸爸和妈妈呢？"

"都没了。"良子笑了笑说。

看她的意思，想象美祢子有父母似乎是件滑稽的事情。大概早就去世了，所以良子的记忆中一点印象也没有。

"正因为如此，美祢子小姐才经常出入于广田先生家中的吗？"

"嗯，听说她那死去的哥哥同广田先生十分密切。美祢子很喜欢英语，常常到先生家里补习。"

"也到这儿来吗？"

良子又不知不觉地继续画那幅水彩画。三四郎守在旁边，她也毫不拘束，而且能从容回答他的问话。

"美祢子小姐吗？"她一边反问，一边在草葺的房顶加上一层柿子树的荫影。

"有些太暗了吧？"良子把画送到三四郎眼前。

"嗯，是太暗了。"他老老实实地应道。

良子将画笔蘸饱水，把暗影洗了去。

"她也到这儿来。"良子这才回答他的问话。

"经常吗？"

"嗯，经常。"良子依然面向画稿。

良子继续画画，他们之间的回答使三四郎感到十分快活。

沉默着看了一会儿画，由于良子一心想将屋顶的黑影洗掉，蘸水过多，运笔又不娴熟，那黑影反而向四方漫洇开来。那棵精心画成的红艳艳的柿子树，竟然变成阴干的涩柿子的颜色了。良子停下画笔，伸开两手，向后仰仰头，尽量远远地审视着这张高级画纸。

"已经不行啦。"她终于小声说。

确实是不中用了，这是没办法补救的，三四郎也有些惋惜。

"算了吧，就再另画一张吧。"

良子依旧看着画，眼角瞥了一下三四郎。这是一双水灵灵的眼睛。三四郎越发怜爱起来。

"真糟糕，白费两个多钟头。"

她吃吃地笑了，随后在精心绘制的画面上纵横抹了两三条粗线，啪哒一声合上了画具盒子。

"不画了，请到客厅去吧，我给你沏茶。"

她说罢自己先走进去。三四郎嫌脱鞋麻烦，依旧坐在廊缘上未动，心中琢磨，这位至今才请自己喝茶的女子非常有意思。三四郎本来不打算同这位非比寻常的女子逗趣，现在突然听到请他喝茶，不能不感到一种愉快。这种感觉绝不是因为接触了异性才会有的。

茶室里响起了谈话声，看来一定是和女仆了。不一会儿，格子门拉开了，良子端着茶具走来。三四郎从正面瞧着她的脸，觉得这是一幅最有女性特征的面孔。

良子沏好茶端到廊缘边，自己坐在客厅的铺席上。三四郎觉得该回去了，但待在这个女子身旁不回去仿佛也挺好的。上次在医院曾对她端详半天，弄得人家面红耳赤，所以赶紧离开了。今天倒没有什么，幸好她献茶上来，两人便各自守着廊缘和客厅继续对谈起来。天南海北地谈着谈着，良子向三四郎提了个奇妙的问题，她问他喜欢不喜欢自己的哥哥野野宫。乍一听，简直像出自孩子之口，可良子的体会却加深了一层。在她看来，凡是埋头钻研学问的人，总是用研究的目光对待万物，情爱也就自然看轻了。假如凭人情观察事理，不是爱好就是厌恶，二者必居其一，不会产生研究的心理的。自己的哥哥是位理学家，不可能专门来研究妹妹，对妹妹越研究越会减少亲近的程度，就越要疏远妹妹。然而，那位喜欢研究的哥哥，却对妹妹抱有挚诚的爱。想到这里，她得出结论：毫无疑问，哥哥是全日本最好的人。

三四郎听了良子一番话，觉得很有道理，但又仿佛不大满足，至于什么地方不满足，他头脑有些模糊，竟然一点也弄不清楚。所以，他没有对良子的表述公开加以评论，只是在心里思忖，自己无法对一个女孩子的话提出明确的评价，作为一个男子，太不争气了。想到这里，他涨红了脸。他同时领悟到，对于东京的女学生，绝不可小觑。

三四郎对良子怀着敬慕的心情回到寓所。来了一张明信片："明日下午一时许去参观菊花玩偶，请到广田先生处聚会。美祢子。"

这上面的字和野野宫君口袋里半露的信封上的字非常相

像。三四郎接连读了好几遍。

第二天是星期日，三四郎吃过午饭立即到西片町去。他身着新制服，脚上穿着光亮的鞋子。顺着宁静的横街来到广田先生门口，听到里面有人声。

先生的家，一进门左手紧挨着庭院，打开木栅门，不经过大门就能到达客厅外面的走廊。三四郎刚想拉开石楠树篱笆中间的插销，忽听院内有人说话。那是野野宫和美祢子在交谈。

"干了那种事，只能坠地而死了。"这是男人的声音。

"我认为死了倒清净。"这是女人的应答。

"那种无谋之人，就该从高处掉下来摔死。"

"这话太残酷啦。"

这时，三四郎打开木栅门，站在院里谈话的两个人一齐瞧着这边。野野宫只向他打了个一般的招呼，点点头。野野宫头上戴着崭新的茶色礼帽。

"信几时接到的?"美祢子连忙问。

他俩的交谈就此中断了。

主人身着西服坐在廊缘上，依然喷着"哲学之烟"，手里拿着西洋杂志。旁边坐着良子，她倒背着手，挺着身子，两腿伸直，凝视着那双厚草鞋。——看样子，三四郎害得大家久等了。

主人抛开杂志。

"好，咱们走吧，到底给拉来了。"

"辛苦啦。"野野宫君说。

两个女子相视而笑，仿佛有着不可告人的隐秘。走出庭院时，她俩一前一后。

"你个子真高呀。"美祢子在后面说。

"腿长。"良子回答了一句。在门边并肩而过时，她又解释道，"所以尽量穿草鞋的呀。"

三四郎正要随着走出院子，楼上的格子门哗啦打开来，与次郎走到栏杆旁。

"这就走吗?"他问。

"嗯。你呢?"

"不去，那菊花玩偶有什么好看，真傻气!"

"一块儿去吧，在家待着也是无聊啊。"

"现在正在写论文，还是重要论文哩，哪里有空去玩呢?"

三四郎惊讶地笑了笑，追赶四个人去了。他们穿过狭窄的横街，早已到达远处的宽阔马路上了。望着晴空下这一堆人影，三四郎越发觉得，如今自己的生活远比在熊本时有意思得多。过去曾经思考过的三个世界，其中的第二、第三世界正为这一团人影所代表着。影的一半是灰暗的，另一半则像开满鲜花的原野。在三四郎的脑海里，两者浑然一体。不仅如此，自己无形之中也自然地编入这个组织中了。只是三四郎老觉着有些不够踏实，他感到不安。三四郎边走边想，发现刚才野野宫和美祢子两个在院子里的谈话是使他产生此种心情的直接原因。他为了驱除这种不安，想彻底回味一下两个人交谈的内容。

四个人来到街口，大家停下脚步回头望了望。美祢子用手遮在前额上。

三四郎没有花一分钟就追上了他们。追上以后，大家都没有吭声，只是一个劲儿地赶路。过了一会儿，美祢子开口了。

"野野宫君，你是理学家，所以才更要那样讲话的吧?"她似乎想把刚才的谈话继续下去。

"不，不搞理科也是一样。要想高飞，总得先想法制作一个能够高飞的装置才行。首先要经过头脑的思考，不是吗?"

"不愿意高飞的人，或许可以忍耐下去了。"

"不忍耐就只有死路一条。"

"这么说，安安稳稳地站在地面上是最好不过的了。不过又太没有出息啦。"

野野宫君没有回答，他冲着广田先生笑了笑:

"女辈之中出诗人哩。"

于是，广田先生回答得很妙:"男子的弊病正在于不能成为纯粹的诗人。"

野野宫君就此沉默了。良子和美祢子两人悄悄地交谈起来。三四郎这才瞅了个空子问道:

"刚才你们在谈论什么?"

"哦，是谈论天空的飞机。"野野宫君淡然地说。三四郎好像听相声艺人"解包袱"似的，疑云顿解。

之后，大家再没有谈论什么。再说，在这行人熙来攘往的大街上，也不便于长谈。大观音像前有个乞丐，额头抢地，扯着喉咙高声哀告。他不时地抬起脸，额头沾满了灰沙，成了白白的一团。没有人理睬他，五个人也若无其事地从旁穿过。走了五六百米，广田先生忽然转头问三四郎:

"你给过那个乞丐钱吗?"

"没有。"

三四郎回头望望，那乞丐双手合十，举到额前，依然大声哀告。

"一点也不情愿。"良子紧跟着说。

"为什么?"良子的哥哥望着妹妹，没有责备的意思，野野宫的表情毋宁说是冷静的。

"他那样焦急地逼着人要钱，反而达不到目的。"美祢子评论道。

"不，他的地点选得不对。"这回是广田先生发话了，"过往行人太多，所以不成。山上虽说人少，如若碰到这样的乞丐，谁都会给钱的。"

"也许整天都碰不到一个人哩。"野野宫嘻嘻地笑起来了。

听着这四个人对乞丐所发的议论，三四郎觉得自己迄今为止养成的道德观念受到了几分损伤。但是，自己从乞丐身边经过的时候，不仅没有打算丢给他一个子儿，说实在的，甚至感到很不愉快。从这一事实反省一下，觉得那四个人比自己更来得坦诚些。三四郎领悟到，这些人原来都能坦率地生活在这种广阔的天地之间，他们都是大城市的人啊!

越走下去，人越多了。不一会儿，碰到一个迷路的孩子。这是个七岁光景的女孩子。她一边哭，一边在人们的袖子底下左右转悠，拼命叫着"奶奶、奶奶"。看样子，行人对此都动心了，有的停下脚步，有的说"真可怜"。然而谁也不采取什么行动。女孩子招惹着所有人的关切和同情，继续哭泣着寻找奶奶。这真是个不可思议的现象。

"这也是因为地点不好吗?"野野宫君目送着孩子的背影问道。

"警察马上会来处理的，所以大家都躲开了。"广田先生加以说明。

"要是到我身边来，我就把她送到派出所。"良子说道。

"那好，你去追赶她，领她去吧。"哥哥敦促着。

"我才不愿追她呢。"

"为什么？"

"为什么？——有这么多的人在，又不关我一个人的事。"

"还是躲避责任嘛！"广田说。

"仍然是地点不好呀。"野野宫说。两个男子笑了。来到团子坂，只见派出所前聚集着黑压压的人群，那个迷路的孩子到底送给警察了。

"这下子可以大大放心啦。"美祢子回头望望良子。

"太好啦！"良子说。

从坂上一眼望去，斜坡弯弯曲曲，仿佛站在刀刃上。坡面当然很狭窄，右边两层楼的建筑，把左边高高的小屋顶遮挡了一半，后面竖着几杆高高的旗子。人们仿佛一下子就要落到谷底，上上下下的人你来我往，把路挤得水泄不通。谷底的人群不停地蠕动着，看起来有些异样。望着这种乱糟糟的场面，有些眼花缭乱。

广田先生站在坡顶，说声"这太叫人受不了啦"，似乎想回去。四个人簇拥着先生进入谷底，在谷底半道上向对面缓缓绕过去，左右的小屋挂着大苇帘子，高高地矗立在道路两侧，显得中间的天空格外狭窄。路面上行人拥挤，一片昏暗，门口收票人扯开嗓子高叫。

"这哪里是人的喊声，这是菊花玩偶发出的声响。"广田先生评价道。这些人的喊叫声确乎有些不同寻常。

一行人走进左边的小屋。这里陈列着"曾我讨敌"[1]的故事，五郎、十郎、赖朝[2]一律平等地穿起了菊花服装，但脸孔和手脚都是木雕的。接着是下雪的情景，青年女子在生气。这些也都以木头人为身子，外面饰一层菊花，把叶和花密密麻麻地排整齐，制作成衣服的样子。

良子聚精会神地观望着。广田先生和野野宫不住地交谈，说什么菊花的栽培法不同啦什么的。三四郎离他们有两米多远，中间隔着其他的游客。美祢子早已走到三四郎前头去了。观众大都是市民，有教养的似乎极少。美祢子站在游人中回过头来，伸着脖子向野野宫那边张望。野野宫把右手伸进竹栏杆内，指点着菊花根部，正热心地解释着什么。美祢子又把脸转过去，随着人流迅速向门口走去。三四郎分开人群，撇下三人去追美祢子。

他好容易来到美祢子身边。

"里见小姐，"他招呼了一声。此时美祢子用手扶着青竹栏杆，稍微转过头来望望三四郎，一言未发。栏杆的里面是"养老瀑"。一个圆脸孔的汉子，腰间插着板斧，手拿水瓢，正蹲在水潭旁边。三四郎望着美祢子的脸，他根本没有留意青竹栏杆那边有些什么东西。

"你不自在吗？"三四郎不由得问道。

美祢子仍是默默不语，乌黑的眸子直视着三四郎的前额，

1　日本古代以军事战争为题材的小说《曾我物语》，记述了曾我兄弟——十郎祐成和五郎时致勠力讨敌的故事，成为日本古典戏曲的传统题材。

2　源赖朝（1147—1199），镰仓幕府的初代将军。

充满忧郁的神情。这时，三四郎从美祢子的双眼皮底下发现了一种奇妙的内涵。这双眼睛包蕴着三层意思：心灵的疲惫，肉体的松弛，近乎苦痛的倾诉。三四郎已经忘记眼下正等着美祢子的答话，他把一切都留在这双眼皮和眸子之间了。

这时美祢子说："该走啦。"

三四郎同美祢子的眼皮和眸子的距离似乎在逐渐靠近。随着这种靠近，三四郎心中产生了这样的念头：为了这女人，他必须偕她马上回去才安心。当他下定决心的时候，女子一甩头转了过去，手臂离开青竹栏杆，向门口走去。三四郎立即尾随在后边。

两人在外面肩并肩的时候，美祢子低下头，用右手支住前额。周围人群如潮。三四郎凑近女子的耳畔问：

"你不舒服吗？"

女子穿过人流向谷中方向走去。三四郎当然跟着她一道儿走去。约莫走了半条街，女子在人群中站住了。

"这里是什么地方？"

"这边是到谷中天王寺去的方向，同回家的时候正相反。"

"唔，我的心绪很坏……"

三四郎在这大街上也无法解除她的痛苦，他站住思索了片刻。

"难道没有个清静的地方吗？"女子问。

谷中和千驮木在坡底下相交处，地势最低，有一条小河打这里流过。沿着小河，从街道的左边穿过去就是原野。河水一直向北流淌。三四郎记得很清楚，他自来到东京以后，曾经沿着这条河的两岸走过多少遍。美祢子站着的地方正靠近一座石桥。小河在这里穿过谷中街一直通向根津。

"能不能再走上一百多米呢？"他问美祢子。

"能。"

两人立即渡过石桥，向左转弯。沿着人家屋边的小道走了四五十步，再渡过门前的板桥折回小河这边，向上游再走上一阵，便见不到什么行人了。这里是广阔的原野。

三四郎来到这宁静的秋色之中时，他立刻变得多嘴多舌起来。

"怎么样了？头还疼吗？也许是人太多造成的吧？那些观赏菊花玩偶的人中间，有的太下作了。有人对你不礼貌吗？"

女子沉默不语，不一会儿，她把眼睛从河面上抬起来，瞥了瞥三四郎。双眼皮下藏着清亮而热切的眸子。看到她这副眼神，三四郎放下大半颗心。

"谢谢，我已经好多了。"她说。

"歇一会儿吧。"

"嗯。"

"能再走几步吗？"

"嗯。"

"能走就再走几步，这儿太脏，那边倒有个很好的休息场所。"

"嗯。"

走了一百多米，又看到一座桥，上面胡乱铺着不到一尺宽的旧木板。三四郎大步流星地过了桥，女子跟在后边。三四郎等着她走过来，他看到她步履轻盈，双脚如同走在寻常的大地上。这女子一个劲儿朝前迈动步子，没有一般女人家那种忸忸怩怩的娇羞之态。所以，三四郎不便鲁莽地伸手搀扶她。

河对岸有一座草房，屋顶下边一片艳红。走近一看，是晾晒的辣椒。美祢子走着走着，看到那红色确实是辣椒，这时她停下来了。

"真美！"

她说罢坐在草地上。草只是沿着河边狭小的地面生长，不如夏季时那样翠绿。美祢子完全不顾忌自己一身漂亮的衣裳会被弄脏。

"不能再向前走了吗？"三四郎也站住，催促般地问。

"谢谢，已经够啦。"

"心绪依旧很糟吗？"

"都是因为太累了呀。"

三四郎也只得在污秽的草地上坐下了。美祢子和三四郎之间保持着四尺远的距离。小河在他俩的脚下流淌。秋天，水位低落，河水很浅，水面露出的石头尖上停着一只鹡鸰。三四郎望着河面，河水渐渐混浊了。一看，原来是庄稼人在上游洗萝卜。美祢子将视线投向远方。面前是广袤的田野，田野的尽头是森林，森林的上方是天空。天空的颜色渐渐变了。

一派澄碧的空中出现了好几种色调，清澈见底的蓝色次第变薄，似乎要归于消失。上面笼罩着渐渐浓重的白云，随后又消融了，飞走了。天空微微蒙着一层阴郁的黄色，分不清哪是地平线，哪是天空。

"天色混浊了。"美祢子说。

三四郎从河面抬起头，向天上望望。三四郎当然不是头一次看到这种天气，然而"天色混浊了"这种说法，倒是第一次听到。他定睛一看，这天气除了用"混浊"二字来形容之外，再没有更合适的词儿了。三四郎正想回答些什么，女子又开口了：

"好重啊，真像块大理石。"

美祢子眯细着双眼眺望高高的天空。然后又这么眯细着眼睛静静地望着三四郎。

"就像大理石一样，不是吗？"她问。

"哎，是像大理石啊。"三四郎只能这样回答。

女子沉默了。过了一会儿，三四郎首先开口。

"处在这样的天色下边，心情沉重，精神却轻松。"

"这话什么意思？"美祢子问。

三四郎没有多作解释，他未回答她的问题，又接着说：

"这天空可以让人安然入梦。"

"看样子在动，实际上一点没有动哩。"美祢子又在眺望远处的云层了。

菊花玩偶市场上招徕游客的叫喊声，不时地传到他俩坐着的这块地方。

"声音真大呀。"

"从早到晚都这么号叫吗？真佩服！"三四郎说道。

这时，他忽然想起被抛下的三个同伴，正想说什么，美祢子答话了。

"生意人都是一样，正像大观音像前的那个乞丐一般。"

"地点并不坏，对吗？"

三四郎很少开玩笑，于是独自一个人觉得很有趣地笑起来。因为他觉得广田先生关于乞丐的一番谈话，实在太滑稽了。

"广田先生常常讲出那样的话来。"美祢子十分轻松地自言自语。随后,她立即改变了语调,用一种比较活泼的口吻补充道,"在这样的地方如此呆坐下去,也算是够格的啦。"

这回是她津津有味地笑了。

"可不,就像野野宫君所说的那样,随你等到几时也不会有一个人打这儿通过。"

"那不正是如愿以偿吗?"她紧接着说。然后又为前面的话作了解释,下了结论,"因为是不向人求乞的乞丐啊。"

这时,突然出现了一个生人。看样子,他是从那晒辣椒的人家走出来,不知何时过河的,如今渐渐向两人坐着的地方靠近。这人穿着西服,留着胡子,看年纪,大致像广田先生。他走到两人面前,霍然抬起头来,从正面凝视着三四郎和美祢子。那眼光分明充满着憎恶的神色。三四郎如坐针毡,顿时局促起来。那人不一会儿走过去了。

"广田先生、野野宫君他们想必在寻找我们吧?"

三四郎目送着陌生人的背影,忽然想起了什么。

"不,不要紧的,我们是迷路的大孩子啦。"美祢子显得十分冷静。

"因为迷了路,他们才会找的呀。"三四郎依然坚持自己的见解。

"因为都是想躲避责任的人,所以巴不得的呀。"美祢子的口气更加冷峻。

"你是指谁?广田先生吗?"

美祢子避而不答。

"是野野宫君吗？"

美祢子依旧不作回答。

"心绪好些了吗？如果好些，咱们该回去了。"

美祢子瞧瞧三四郎。三四郎刚抬起身子，又坐回草地上了。其时，三四郎感到自己总有些地方敌不过这个女子。他清楚地知道，自己的内心已被对方看穿，于是随之而来的是一种不可捉摸的屈辱感。

"迷路的孩子。"

女子望着三四郎重复着这句话。三四郎没有回答。

"你知道这句话在英语里是怎么讲的吗？"

三四郎未曾料到她会提出这样的问题，所以一时说不出是知道还是不知道。

"我教给你吧。"

"嗯。"

"Stray sheep[1]，懂吗？"

三四郎逢到这种场合，便穷于应付了。关键的时机已过，头脑冷静下来，回顾已过的事便感到后悔，心想还是可以这样那样作一番回答的。话说回来，又不能预料到后悔，为了应付，就装出泰然自若的样子，大言不惭地乱说一通。他还没有这般轻薄，因而只是沉默着。他又觉得这样闷声不响太叫人难为情了。

对于"stray sheep"这个词儿，三四郎似懂非懂。他之所

1　意为迷羊。《新约·马太福音》第十八章载：某人牧羊百只中有一只迷途，遂舍九十九只于山中，往寻迷羊，复得，其欣喜之情胜于九十九也。借以歌颂身心宽大，犹如牧羊之人。

以不懂，与其说是词本身的含义，毋宁说是使用这个词儿的女子的用心。三四郎一个劲地端详着女子的面庞。这时，女子忽然认真起来。

"我显得那样狂傲吗？"

她的语调带有辩解的意味，三四郎被一种意外的感受打动了。过去像在五里雾中，心想，要是雾散了该多好。女子的这句话驱散了迷雾，露出了她清晰的姿影。三四郎又觉得雾散得有点可恼。

三四郎想使美祢子的态度恢复到原来那副样子，那是多么有意思。——就像两人头顶上广漠的天空，既不清澄又不混浊。但又想到，这不是靠几句讨好的话就能使她恢复常态的。

"好，咱们回去吧。"女子猝然说道。

她的话里没有带着厌恶的情绪。然而，三四郎听起来，这语调十分沉静，仿佛对方已看清自己是个毫无意思的人而心灰意冷了。

天空又起了变化。风从远方吹来。广阔的田野上，只有一轮太阳，看着叫人寂寞难耐。草丛里腾起的水汽使人浑身发冷。留神一看，发现在这种地方竟然一直坐到现在。假若是自己一个人，早不知跑到哪儿去了。美祢子也一样，不，美祢子也许会在这种地方久坐下去的。

"好像有点冷了，先站起来吧，不要受凉。怎么样？心绪完全恢复过来了吗？"

"哎，完全恢复过来了。"美祢子爽朗地回答着，骤然站起身来。当她站起来时，独自嘀咕了一句"stray sheep"，声音拉得很长。三四郎当然没有答理。

美祢子指着刚才那个穿西服的汉子走的方向说，要是有路，她想从那辣椒旁边穿过去。两人便朝那边走去。茅屋后头果然有一条细细的小路。走了一半光景，三四郎问道：

"良子小姐决定上你那儿住吗？"

女子微笑了一下，接着她又反问了一句：

"你为啥问这个呢？"

三四郎正想说什么，看见脚下有一块泥地，约莫四尺多宽，泥土下陷，积了一汪水。水洼中央放着一块垫脚石。三四郎没有踩那石头，他立即向对面一跃，随后回头望望美祢子。美祢子将右脚踏在泥水中的石头上，谁知石头不很牢靠，用力一跐，肩膀便摇晃起来，以便保持全身的平衡。三四郎从这边伸过手去。

"抓住我的手。"

"不，没关系。"女子笑了。

三四郎伸手的当儿，她只是摇晃着，不肯跨过去。三四郎缩回了手。这时，美祢子将全身的重量压在踏着石头的右脚掌上，左脚向前一跃，跳过来了。她老怕把木屐弄脏，用力太猛，身子倾斜着向前冲去。在这种形势下，美祢子的双手一下子扑到三四郎的两只胳膊上了。

"Stray sheep，"美祢子喃喃地说。三四郎能够感觉出她的一吸一呼的颤动。

111

六

铃响了，老师走出教室。三四郎甩了甩蘸着墨水的笔尖，正要合上笔记本。这时，坐在旁边的与次郎招呼起来。

"喂，给我看一下，有的地方漏掉了。"

与次郎拿起三四郎的笔记从头向下看，本子上写满了 stray sheep 的字样。

"这是干什么？"

"记听课笔记腻烦了，随便乱画来着。"

"这样不用功怎么行？课堂上讲过，康德[1]的超唯心论与贝克莱[2]的超现实论是有联系的呀。"

"有些什么联系？"

"你没有听吗？"

1　Immanuel Kant（1724—1804），德国哲学家。
2　George Berkeley（1685—1753），英国哲学家。

"没有。"

"真是个 stray sheep，实在没法子。"

与次郎捧着自己的笔记本站起身来，他离开桌子招呼三四郎：

"喂，请来一下。"

三四郎跟着与次郎走出教室，下了楼梯，来到门外的草地上。这里有一棵大樱树，两个人坐在树下。

这地方每到夏初就长满苜蓿。与次郎拿着入学志愿书到办公室去的那时节，曾经看到这樱树下边躺着两个学生。其中的一个对另一个说："如果用都都逸[1]应付口试，再多也能唱出来。"另一个小声哼起来："在满腹经纶的博士面前，出个恋爱的试题考一考吧。"打那之后，与次郎就爱上樱树下面这块地方了。一有什么事，他总是拉着三四郎到这地方来。当三四郎听到与次郎介绍这段历史时，这才想起他为何用俗语来译pity's akin to love 这句话。然而，今天的与次郎却格外认真，他在草地一坐下，就从怀中掏出《文艺时评》杂志，打开一页来倒着递给三四郎。

"怎么样?"与次郎问。

三四郎一看，标题用大号铅字写着《伟大的黑暗》，下面的落款使用了"零余子"的雅号。"伟大的黑暗"是与次郎平素评论广田先生的用语，三四郎也听到过两三回。然而，对零余子这个名字实在陌生。当他听到"怎么样"这句问话时，三四郎在未作回答之前先望望对方。与次郎一言未发，他把那

1　一作"都都一"，歌唱男女爱情的一种俗曲。

扁平的脸孔向前凑了凑，右手的食指压在自己的鼻尖上，半天不动。站在对面的一个学生，看见他这副样子，嘻嘻地笑出声来。与次郎觉察到了，才把指头从鼻子上放下来。

"是我写的。"他说。

三四郎弄明白是怎么一回事了。

"我们去看菊花玩偶时，你就在写这篇文章吗？"

"不，那才是两三天前的事呀，哪能这样快就出版。这是老早以前写的，看看标题就知道是怎么回事了。"

"写的是广田先生吗？"

"嗯，先唤起舆论，为先生进入大学造造声势……"

"这杂志能有那么大的力量吗？"

三四郎连这杂志的名字也不知道。

"没有什么力量，所以很难办。"与次郎回答。

三四郎只好笑笑。

"能销售多少册？"

与次郎没有回答多少册。

"反正没关系，总比不写要强些。"他自我安慰地说。

渐渐追问下去，才知道与次郎本来就同这家杂志有关系，只要有闲暇，每期都要写文章，而且时常变换署名。这事除了两三个同仁之外，谁也不知道。三四郎恍然大悟。他也才刚刚知道与次郎同文坛的一些交往。不过，与次郎为何偏要恶作剧般地使用笔名不断发表他的所谓大论文呢？这一点三四郎依然不得其解。

三四郎曾经直率地问过他：干这等事是不是为了挣几个钱花花，与次郎听后把眼睛瞪得溜圆。

"你刚从九州乡间出来，不了解中央文坛的动态，所以才说出这种悠然自在的话来。身处当今思想界的中心，目睹风云激荡的情景，一个有头脑的人，怎能佯装不知呢？实际上，今天的文权掌握在我们青年人手中，如果不积极主动发表意见，就是一种损失。文坛以急转直下之势承受着剧烈革命的洗礼。一切都在动荡，都在走向新的生机，所以落伍是不行的。只有主动亲自把握这种机运，生存才有价值。人们时常'文学、文学'地把它看得很轻贱，其实这是指大学课堂上的那种文学。我们所说的新文学，是人生自身的巨大反射。文学的新气势必然影响整个日本社会的活动，而且现在已经出现了这种影响。当人们白天睡觉做梦的时候，影响已不知不觉地产生了。这是很可怕的啊！……"

三四郎默默地听着，觉得他有些吹牛。然而即便是吹牛，与次郎依然谈得神乎其神，至少他本人显得是那样至诚而认真。三四郎被他打动了。

"你是本着这种精神干的，那么拿不拿稿费对你是无所谓的啰？"

"不，稿费是要拿的，给多少收多少。碰到杂志不好销，稿费也就很难寄来。所以得想办法多卖些杂志才行。你有没有什么好的主意？"

与次郎开始和三四郎商量，话题马上转入实际问题。三四郎总觉得有些奇怪，与次郎却很平静。铃声又急遽地响了。

"先送你这本杂志，请过目。《伟大的黑暗》这个题目挺有意思的吧？这个题目一定能使人们觉得新奇。——标题不醒目就没有人读，那怎么行？"

两人由正门进入教室，坐到桌边。不一会儿，老师来了。两人开始做笔记。三四郎惦记着《伟大的黑暗》，笔记本旁边摊着《文艺时评》，记笔记的当儿，时时瞒着老师读起杂志来。老师幸好是近视眼，又把注意力全部集中在讲课上，一点不知道三四郎违犯纪律的行为。三四郎正合心意，一边记笔记，一边阅读杂志。原来是两个人干的事儿，现在一人勉强承担了，结果呢，《伟大的黑暗》没有读懂，笔记也没有记全。头脑里只清晰地记得与次郎文章里的一句话：

"自然界为选就一颗宝石要花费几年的星霜？而这宝石在遭际采掘的运命之前，其光辉又被静静地埋没了几年的星霜！"

除此之外，其余的句子他都不得要领。不过，在这段时间里，三四郎没有写一个 stray sheep。

"怎么样？"一下课，与次郎问三四郎。

三四郎告诉他，实在没有好好看。与次郎批评他是个不会利用时间的人。三四郎答应回去以后一定拜读。不一会儿就到晌午了。两人结伴出了校门。

"今天要出席的呀。"与次郎走到西片町，在进入横街的角落里停住了脚步。

今晚召开同级学生座谈会，三四郎早把这件事忘了。此时，他好容易又想起来，告诉与次郎他打算出席。

"赴约之前请来一下，我有事跟你谈。"与次郎说罢，把笔杆夹在耳后，显得颇为得意。三四郎允诺了。

回到寓所，洗了澡，心情舒畅了。这时，三四郎看到桌上有一张绘画明信片。上面画着小河，绿草丛生，河边卧着两只羊。对岸站着一个大汉，挂着拐杖。汉子的面貌显得十分狰狞

116

可怕，完全是模仿西洋画里的恶魔的形象，还特别慎重地在旁边用字母标着"恶魔"。明信片的正面写着三四郎的姓名，下面用小字标着"迷羊"。三四郎立即明白"迷羊"是指的什么了。不仅如此，明信片的背面，画着两只迷羊，其中一只看来是暗喻三四郎，这使他十分高兴。迷羊里不仅有美祢子，自己本来是包括在内的。看来这是美祢子的设想。美祢子所说的stray sheep 一词的用意，三四郎至今总算弄清楚了。

三四郎本打算遵照同与次郎的约定，读一读《伟大的黑暗》这篇文章，可是提不起一点兴味。他不住地端详着明信片，思考着。觉得这幅画里包含着《伊索寓言》所没有的幽默的情趣，显得天真无邪，洒脱自然。画面上的一切都能打动三四郎的心扉。

从技法上看，也叫人十分佩服，一切都安排得那样妥帖、得当。三四郎心中暗想：良子所画的柿子树，与此简直无法相比。

过了一会儿，三四郎终于读起《伟大的黑暗》来了。他漫不经心地读着，过了两三页，渐渐被吸引住了，不知不觉地已经读了五六页。就这样，把长达二十七页的论文一口气读完了。当他读完最后一页时，才发现就要结束了。他的眼睛离开杂志，心想：啊，总算读了一遍。

三四郎紧接着又想到，究竟读了些什么？什么也没有，甚至令人好笑的地方也没有。他只觉得一口气儿努力读了下来。三四郎对与次郎写文章的本领非常钦佩。

论文以攻击现今的文学家为起始，以称赞广田先生为终结。文章特别痛斥了大学文科里的西洋人。

"倘若不尽快招聘适当的日本人负责大学相应的课程，那么作为最高学府的大学，就会变得和过去的私塾一样，就会变成砖石、木乃伊，毫无回旋之余地。当然，如果真的没有人才，也毫无办法，可是如今有广田先生。先生执教于高级中学，十年如一日，安享薄酬，自甘无名，然而却是个真正的学者。这样的人物理应成为教授，以便同日本现实开展交际，为学界的新形势做出贡献。"——总起来说，就是这样的内容。不过，这些内容是用非常轩昂的口吻和灿烂的警句表达的，前后形成了长达二十七页的文章。

文章里有许多颇有意味的句子，如："只有老人才会以秃自傲""维纳斯美人像产于波中，聪慧之士则不出自大学""将博士当作学界的名流，犹如把海蜇看成田子浦[1]的名产"。然而，除此之外便没有什么了。尤其奇妙的是，在把广田先生比作"伟大的黑暗"的同时，则把其他学者比作小圆灯，最多只能朦朦胧胧地照出两尺远的距离。这些都是广田先生对他说过的话，与次郎原样写了下来。而且同上次一样断言，小圆灯和烟袋锅之类，均属旧时代的遗物，对我们青年全然无用。

仔细想想，与次郎的论文充满了朝气。他一个人俨然代表着新日本，读着读着就起了共鸣。不过文中缺少实际的内容，仿佛一场没有根据地的战争。非但如此，刻薄一点说，这种写法也许出于某种策略性。乡村出身的三四郎，虽然悟不出其中的道理，但读了之后，平心而论，总感到有不满意的地方。三四郎又取出美祢子的明信片，望着两只羊和那个恶魔，于是在这一方面，三四郎感到万事都使他十分快活。随着这种快感

---

1 静冈县一带海滨。

的产生，先前的不满意也越发显得强烈了。三四郎不再去想论文的事了。他想给美祢子回信，不幸的是自己不会画画，心想：写篇文章吧。要是写文章，语言非得同这张明信片旗鼓相当才成。这实在不容易啊，就这样磨蹭了好大一会儿，不觉已过了四点钟。

他穿上大褂，到西片町去找与次郎。他从后门进去，看到广田先生正坐在茶室里的桌边吃晚饭，与次郎恭敬地守在一旁伺候。

"先生，怎么样？"与次郎问。

先生好像嘴里正含着硬物，两腮胀鼓鼓的。三四郎向桌上一望，只见盘里盛着十几个烧焦的东西，红中带黑，个个都有怀表那般大。

三四郎落了座，施过礼。先生大口大口地吃着。

"喂，你也来尝一尝。"与次郎用筷子从盘中夹起一个来。三四郎放在手里一看，原来是红烧蛤蜊干。

"怎么吃这种古怪的东西？"三四郎问。

"古怪？好吃啊！吃吃看。这是我特意买来孝敬先生的。先生说啦，他还没有吃过哩。"

"从哪儿买的？"

"日本桥。"

三四郎觉得好笑。与次郎在这些地方就和刚才论文的调子有些不一致了。

"先生，怎么样？"

"够硬的。"

"硬得很香吧？要细细嚼，越嚼越有味道。"

"味道没出来，牙齿倒酸了，干吗要买这种老古董呢？"

"不好吗？这玩意先生也许不习惯，里见家的美祢子小姐也许很爱吃。"

"为什么？"三四郎问。

"唔，像她那般沉着，一定能嚼出味儿来的。"

"那女子沉静而又粗暴。"广田说。

"嗯，是粗暴，有易卜生笔下女性的特点。"

"易卜生笔下的女性性格外露，而那女子是内心粗暴。不过，说她粗暴，这和一般的所谓粗暴意思不同。野野宫的妹妹，看起来粗暴，但她仍然是个女子。这真有点奇妙哩。"

"里见小姐的粗暴是内向性的吗？"

三四郎默然不响地倾听两个人的评论。谁的论点都不能使他心悦诚服。"粗暴"这个词儿，怎能加到美祢子头上呢？这首先是无法理解的事。

不一会儿，与次郎换上礼服，说"出去一下"，两人就走了。先生独自喝着闷茶。两人来到门外，外头一片黑暗。他们离开大门又走了两三百米，三四郎马上开口了。

"先生认为里见小姐粗暴吗？"

"嗯，先生这个人谈吐随便，碰到一时高兴，他什么都讲。先生品评起女子来，显得很滑稽。先生关于女人的知识恐怕等于零。一个未曾恋爱过的人，怎么会理解女人家呢？"

"先生且不谈了，你不也赞成先生的观点吗？"

"嗯，我是说她粗暴。怎么啦？"

"你是说她哪一点粗暴？"

"我并不是指她那一点或这一点。现代的女性都是粗暴的，不光是她。"

"你不是说她很像易卜生笔下的人物吗?"

"我是说了。"

"你看她像易卜生笔下的哪一个呢?"

"哪一个?……反正很相似。"

三四郎当然不能信服,但也没有追问下去。两人又默默地走了一百多米。与次郎突然这样说:

"类似易卜生笔下人物的不光是里见小姐一人。大凡接触过新鲜空气的男子,也都有类似易卜生笔下人物的地方。只不过这些男的或女的都不能像易卜生笔下的人物那样随意行动罢了。他们大都在内心里受感化。"

"我就不太受这样的感化。"

"说不受感化那是自欺欺人。——任何一个社会,不可能没有缺陷。"

"那倒是的。"

"既然如此,生活在这个社会里的动物,总有些地方会感到不足。易卜生笔下的人物都强烈地感受到了现代社会制度的缺陷。我们也会变成那样的人的。"

"你是这样想的吗?"

"不光我,别具慧眼之士都这么想。"

"你家的先生也这样想吗?"

"我家的先生?先生我不知道。"

"他刚才评论里见小姐,不是说她沉静而又粗暴的吗?照这话解释下去,就是说,因为要同周围保持协调一致,那就得沉静;又因为存在着不足之处,所以根性是粗暴的。不是这个意思吗？"

"是这样的——先生自有伟大之处，一讲到这里，就知道他高人一筹。"

与次郎即刻赞扬起广田先生来了。三四郎原想就美祢子的性格再作进一步的讨论，与次郎一句话打消了他的念头。

"我说过今天找你有事的呀。——唔，你把我那篇《伟大的黑暗》读完了没有？要是没有读完，就不容易把我的话记在头脑里。"

"今天一回去就读了。"

"觉得如何？"

"先生说什么来着？"

"先生哪里会读它，他一点都不知道。"

"是这样啊。写的倒是挺有意思，不过总感觉像喝了一杯啤酒，没有填饱肚子。"

"这就够了，读过只要能提点精神就行了。所以我用了个笔名。现在反正是准备时期，姑且先这样办，到了适当的机会，把真名打出去。——这事就说到这里，下面就来谈谈找你究竟为着什么事。"

与次郎要讲的是这样的事。——今晚会上，他打算为自己本科的不景气大加慨叹一番，所以三四郎也必须同他一唱一和。不景气这是事实，别的人也会一同为之慨叹的。然后大家再来商量挽回的办法。这时就提出，眼下的当务之急是聘请适当的日本人进大学任教，大家一定赞成。这是理所当然的。接着就商量什么人合适。届时就抬出广田先生的名字。到时候，三四郎要和与次郎紧密配合，极力赞扬广田先生。否则的话，那些知道与次郎是广田先生食客的人就会顿生疑云。如今自己已是食客，别人怎么看都没有关系，万一惹出麻烦，牵连到广田先生就不好了。当然，另外还物色了三个同道，不要紧，多一个人也好。因此，想请三四郎尽量帮腔说项。另外，当众人的意见逐渐见分晓时，还要选代表到校长和总长那里去。当然，今晚也许实现不了这一步，也没有必要这样做。到时候要临机应变。……

与次郎能言善辩，可惜的是他的口才流于油滑，缺乏庄重的调子。有些地方令人生疑，觉得他好像把儿戏也讲得一本正经。当然，今晚这事本来就是正当的好事，三四郎大体上表示赞成。他只是提出方法上有些过于耍弄计谋，觉得不是滋味。其时，与次郎正站在道路的中央，两人正好位于森林町神社的牌坊前面。

"虽说有些耍弄计谋，可我所做的只不过是顺应自然的规律，预先佐以人力罢了。这同违背自然、企图没头没脑地瞎干一通有本质的区别。耍弄计谋算不了什么，计谋并不是坏东西。只有搞阴谋才是可恶的。"

三四郎无言以对。他虽然觉得有话要说，但却未能开口。与次郎的谈话中的那些自己未曾考虑过的部分，十分清晰地印在记忆里。三四郎对这一点毋宁说是佩服的。

"这话说得也是。"三四郎含混地回答着，两人又肩挨肩地向前走去。进入正门，眼前豁然宽阔起来，到处矗立着黑色的高大建筑。轮廓清晰的屋顶上面是明净的天空，繁星荧荧。

"多好的夜空！"三四郎说。

与次郎也一边望着天空，一边走路。走不多远，他停住了。

"喂，我说。"他突然招呼三四郎。

"什么呀？"三四郎以为他又继续谈刚才的事，随即漫应了一声。

"你看到这样的天空会作何感想呢？"

这话不大像是与次郎说的。三四郎本来有许多话可以回答，比如"无限"啦，"永久"啦之类，可转念一想，说出这些来会被他耻笑的。三四郎就此沉默了。

"我们太不中用啦，打明天起，那计划也许就会取消。写了《伟大的黑暗》一文也起不了什么作用。"

"你怎么又忽然说出这种话来了？"

"望着这天空就产生了这种想法。——喂，你有没有迷上过女人的事儿？"

三四郎立时答不出来。

"女人是很可怕的呀。"与次郎说。

"是可怕，我也知道。"三四郎说。

与次郎听罢哈哈大笑起来，这笑声在寂静的夜晚显得特别响亮。

"你哪里知道，哪里知道呀。"

三四郎怃然不悦。

"明天又是好天气，运动会正赶上好时候哩，肯定有许多漂亮的女子光临，你一定来看看吧。"

黑暗里两个人来到学生会堂的前边。房子里灯火辉煌。

他们绕过木造的回廊，进入室内。早来的人已经聚集在一起了。人群有大有小，共分三摊，其中也有的人故意离开人群，默默地阅读带来的杂志或报纸。一片嘈杂的谈话声，使人不禁怀疑这些人怎么有这么多的话要说。然而，总的来说，还算沉着冷静。香烟的烟雾升腾而起。

此时，人们渐渐汇集而来。黑暗里猛然冒出漆黑的人影，倏忽出现在回廊上，随后变得明晰起来，一个个地走进室内。有时五六个人鱼贯而行，一一在灯光下闪过。不一会儿，人大致到齐了。

与次郎打刚才起就在烟雾里不停地窜来窜去，走到一个地方就小声嘀咕一阵。三四郎注视着这情景，心想马上就要开始了。

过了一阵子，一位干事大声招呼大家就座。不用说，餐桌预先准备好了，大家纷纷入席，没有什么长幼尊卑，坐下来就开始用餐。

三四郎在熊本的时候尽喝红酒。那种红酒是当地出产的劣等酒。熊本的学生都喝红酒，他们认为喝这种酒是理所当然的。偶尔吃一顿馆子，也只是上牛肉铺。那牛肉铺里卖的肉令人怀疑是马肉冒充的。学生掂起盘中的肉块，朝店堂的墙壁上扔去。据说掉下来的是牛肉，贴在墙上的就是马肉。简直像是做咒符。对于这样出身的三四郎来说，这种绅士般的学生联谊会实在新鲜。他满心欢喜地挥动着刀和叉，其间还喝了不少啤酒。

"学生会堂的菜真难吃呀。"三四郎旁边的一个人说。这男子剃着光头，戴着金丝眼镜，看来是个很老成的学生。

"可不是嘛。"三四郎漫然回答。他想，对方若是与次郎，他会这样坦率地告诉他："这菜对我这个乡巴佬来说，太好吃啦!"然而，这种坦率的态度如果被误以为讥讽，那就糟了。所以三四郎没有说什么。

"你是在哪里读的高中？"那学生问三四郎。

"熊本。"

"是熊本吗？我的表弟也在熊本，听说那个地方很糟糕呀。"

"是个野蛮的地方。"

两人正在交谈的当儿，对面突然有人高声喧嚷起来。只见与次郎正和邻席的两三个人不停地辩论着什么，嘴里不时叨咕着"de te fabula"[1]。三四郎不懂这话的意思，然而三四郎的对手们，每听他这样说就笑上一阵。与次郎也愈加得意起来，嚷着："De te fabula，我们新时代的青年人……"三四郎的斜对面坐着一个面色白皙、仪表端庄的学生，他停下手里的刀叉，望着与次郎一伙人。过了一会儿，他笑笑，用法语半开玩笑地说了一句："Il a le diable au corps（恶魔附身了）。"对面的一伙人似乎完全没听到，四只啤酒杯高高举起，正在兴高采烈地祝酒呢。

"他倒挺会闹腾的呀。"三四郎身旁那个戴金丝眼镜的学生说。

"嗯，他十分健谈。"

"有一次他请我到淀见轩吃咖喱饭。那时我根本不认识他，谁知道他突然跑来硬是拉着我到淀见轩去了……"

那个学生哈哈地笑起来。三四郎这才知道，被与次郎拉到

---

[1] 罗马诗人贺拉斯（Quintus Horatius Flaccus，前65—前8）的《讽刺诗》第一卷第一节第一句话的一个词，意即"论及你"。

淀见轩吃咖喱饭的绝非自己一个人。

不多时端来了咖啡。一个人离开椅子站起来，与次郎热烈鼓掌，其他人也都跟着鼓起掌来。

站起来的人，身穿崭新的黑色制服，鼻子下生着短髭，身材修长，站在那里显得神情潇洒，他带着演说的口吻开始讲话了：

"我们今夜在此聚会，为促进友情而尽一夕之欢，这本身就是一件愉快的事。不过，我们的交谊不单具有社交方面的意义，还会另外产生一种强烈的影响。自己偶然有所感触，便想站出来讲话。这次集会，以啤酒开始，以咖啡告终，完全是一次极普通的聚会。然而，饮啤酒、喝咖啡的近四十个人并非是普通之辈，而且我们在饮啤酒、喝咖啡的这段时间内，已经感到自己的命运在膨胀。

"大谈政治自由已经成为历史，鼓吹言论自由也亦成为过去。所谓'自由'二字，并非仅仅为那些流于表面的事实所专有。我们新时代的青年，必须大力提倡心灵的自由。我认为我们已经面临着这样的时代了。

"我们是不堪忍受旧的日本压迫的青年；同时，我们也是不堪忍受新的西洋压迫的青年。

"我们必须把这件事情向世界宣告，我们正处在这样的形势之下：对于我们新时代的青年来说，新的西洋的压迫，无论在社会方面或文艺方面，都和旧的日本一样，使我们感到痛苦。

"我们是研究西洋文艺的。但是研究归研究，这同屈从于这种文艺有本质的区别。我们研究西洋文艺不是为了让它捆住手脚。我们正是为了使受束缚的心灵得到解脱才来研究它的。凡是于我不利的文艺，无论施加多大的威压和强制，我们也不效法。我们具有这样的自信和决心。

"我们在保有自信和决心这一点上，不同于普通的人。文艺既非技术，又非事务，它是触及广大人生的根本意义的社会动力。我们正是基于此种意义才研究文艺，并具有上述的自信和决心的。也正是基于此种意义来预见今晚集会所产生的非同一般的重大影响的。

"社会发生着剧烈的动荡。作为社会产物的文艺也在动荡不已。为了顺应这种激荡的形势，按照我们的理想指导文艺，就必须团结分散的个人力量，充实、发展和壮大自己的命运。今晚的啤酒、咖啡，将为促进我们这种潜在的目的更大发展做出贡献。在这一点上，它比普通的啤酒、咖啡其价值要高出百倍。"

他讲的内容大致就是这些。演说完毕，在座的学生们一齐喝彩，三四郎也是热心喝彩的一个。这时，与次郎突然站起来：

"De te fabula，光是大谈什么莎翁使用过多少万字啦，易卜生的白发几千根啦，这有什么用！当然，听了这些混账的讲课内容，我们决不会当俘虏的，这一点可以放心。但要为学校着想，这样下去不成。无论如何，必须聘请能够满足新时代青年要求的人来上课。西洋人不顶用，首先他们没有威信……"

又是满堂喝彩，接着大家都笑了。

"为了 de te fabula，干杯！"与次郎旁边的一个人喊道。

刚才那个演说的学生立表赞成。不巧，啤酒喝光了。与次郎说了声"不要紧"，就向厨房跑去。于是，侍者拿酒来了。

大家举起了酒杯。

这时立即有人说道："再来一次，这回要为《伟大的黑暗》干杯！"

与次郎周围的人齐声附和，哈哈大笑起来。与次郎搔了搔头。

该散会了，年轻人都分散到暗夜中去了。三四郎问与次郎：

"De te fabula 是什么意思？"

"希腊语。"

与次郎此外再没说什么。三四郎也没有多问。两人头顶着美丽的星空回去了。

未出所料，第二天果然是好天气。今年比往年气候变化来得缓慢，今天尤为和暖。三四郎一大早就去洗了澡。街上闲人很少，所以午前澡堂很空。三四郎看到板壁间挂着三越吴服店的招牌，上面画着美丽的女子。那女子的脸庞有些像美祢子。但仔细端详起来，眼神不一样，牙齿也不鲜朗。美祢子的脸上最引三四郎注目的，是她的眼神和牙齿。听与次郎说，那女子之所以常常露出牙齿，是因为她生来就有些咬合不齐。三四郎决不这样想。……

三四郎浸在热水里，脑子尽想着这些事，浑身没有好好洗就上来了。从昨晚开始，他忽然强烈地意识到自己是新时代的青年了，但是这种强烈感情只表现在意识上，身体还是原来的样子。逢到休息，他比起别人更显得轻松。今天下午，他打算去观看学校举行的田径运动会。

三四郎本来不大喜欢运动，在家乡的时候，曾经打过两三次野兔。后来读高中时，学校举行赛艇，他充当过摇旗子的角色。当时他把蓝旗和红旗摇错了，弄得怨声四起。实际上那是开枪的教练没有准时开枪造成的。枪是开了，然而没有响，三四郎便慌乱起来。打那以后，他对运动会从不靠近。然而，今天是他到东京以后遇上的第一个运动会，务必要去看看。与次郎也极力劝他去一趟。据与次郎说，在运动会上，看比赛，不如看女子更有价值些。在女子中间，会有野野宫君的妹妹吧。野野宫君的妹妹也许会和美祢子在一起吧。他真想到那里去，同她们随便聊上一阵子。

正午一过，他就出门了。运动会的入口位于操场南边的角落。日英两国的大幅国旗交叉在一起。打出太阳旗理所当然，打出英国国旗不知是为了哪一桩。三四郎想，是否意味着日英同盟呢？可是，这日英同盟与学校的田径运动会有什么关系？他真是摸不着头脑。

操场是一块长方形的草地。深秋季节，草色大都消褪了。看比赛的场所位于西侧。后面高高耸立着一座假山，前面用栏杆同操场间隔开来。地方狭窄，观众又多，人们局促在这样的小天地里，拥挤不堪。幸逢清秋佳日，天气不很冷，但却有不少人穿着外套，也有的女子是打阳伞来的。

三四郎大失所望，因为女宾席在别处，同普通观众席不相接近。而且，有许多身穿礼服、气度不凡的公子哥儿相聚在一起，自己则显得格外寒碜。以新时代的青年自居的三四郎，其实有些自感渺小。但是，他并没有忘记透过人缝向女宾席探望。从侧面看去，虽然不甚分明，但服装艳丽，穿戴考究。由于距离较远，脸蛋似乎都很漂亮，谁也不显得特别突出。只是有着一种整体上的美感。那是一种女人征服了男人的色彩，而不是甲女胜过乙女的色彩。三四郎又因而感到失望了。但他又想，仔细瞧瞧，也许会发现她们在什么地方吧。于是他一眼搜寻过去，果然在前排挨近栅栏的地方，看到两个人并肩而坐。

三四郎好容易找到了目标，先告一段落，暂时放下心来。突然有五六个男子打他面前跑过，二百米竞赛已经结束了。冲刺点就在美祢子和良子坐着的正前方，近在咫尺。三四郎正看着她俩时，这些壮汉也同时闯进了他的视野。这五六个人不久增加到了十二三人，看起来都是气喘吁吁的。三四郎把这些学生的态度和自己的态度相比较，为两者的不同而感到诧异。他们为何那样拼命地奔跑呢？然而女人家都在热心地观看。其中，美祢子和良子尤其来得热心。三四郎也真想拼命跑上一阵子。第一个到达终点的人，穿着紫色的短裤，面向女宾席站立。定睛一看，同昨晚联谊会发表演说的那个学生很相像。个儿那么高，当然要跑第一了。记分员在黑板上写下了"二十五秒七四"。写完后，将余下的粉笔向对面抛去，三四郎等他向这边转脸的时候，才认出就是野野宫君。今天的野野宫君不比寻常，他穿着黑色的礼服，胸前挂着裁判员的徽章，神气十足。他掏出手帕，掸了掸西服袖子，不一会儿离开黑板，斜穿过草坪走过来。他走到美祢子和良子的面前，隔着栅栏把头伸向女宾席说了些什么。美祢子站起身来，走到野野宫君跟前，两人隔着栅栏开始谈话了。美祢子连忙回过头，脸上洋溢着欣喜的笑容。三四郎在远处目不转睛地盯着他俩。这时，良子站起来，也向栅栏跟前走去。两个人变成了三个人。草坪上开始投掷铅球了。

再没有比投铅球更花力气的。同时，也很少有比这更乏味的项目了。那的确是在投铅球啊，没有一点技巧可言。野野宫君站在栅栏前看了片刻，笑了。他也许觉得这样影响别人观看怪不好的，所以离开栅栏回草坪去了。两位女子也坐到原来的地方。铅球时时投过来，第一名究竟能投多远，三四郎对此全然不知。三四郎变得茫然了，但仍痴痴地待在那儿观看。等到好容易有了结果，野野宫君又在黑板上写上了"十一米三八"。

接着是赛跑，跳远，还有链球。三四郎看到链球这一项目实在耐不下去了。运动会本该由各人自由选择项目，不应该是专为人观看而召开的。三四郎认定，热心观看那种比赛的女人都是不安分的。他离开会场，走到看台后边的假山旁。这里张着帷幕，不能通行。三四郎折回来，在铺着砂石的地方走了几步，看到一些人稀稀拉拉地从操场上退出来，其中也有盛装的妇女。三四郎又拐向右面，一直爬到山冈的顶端，路到山头就完结了。这里有一块大石头，三四郎坐在石头上，眺望着高崖下的池塘。下面的操场上响起了喧闹的人声。

三四郎在石头上呆呆地坐了约莫五分钟，又想走动一下。他站起身来，脚尖转了个方向。只见山下淡淡的红叶之间，出现了刚才那两个女子的身影，她们正并肩从山腰间走过。

三四郎从山上俯视两个女子。她俩已从树枝间走到明亮的阳光下，要是再不吱声，两人就要走远了。三四郎想打个招呼，无奈相距太远。他急忙沿草地向山下跑了两三步，这当儿，一个女子正好向这边张望。三四郎就此站住了，他实在不愿意讨好她们，运动会上的情景使他感到不快。

"怎么在这里……"良子惊奇地笑了笑。这女子的一双眼睛，叫人产生如下的联想：不论看到多么陈腐的东西也会感到新鲜；相反，不管遇到什么稀罕的事物，也能够从容地加以看待。因此，遇到这样的女子，不但不会感到局促不安，反而会觉得沉着冷静。三四郎兀立不动，他想，所有这些都来自那双水灵灵的又黑又大的眸子。

美祢子也停下来，望着三四郎。然而，唯有这时候的眼睛，没有蕴含着任何意思，简直像是仰视高高的树木。三四郎内心里感到，仿佛看到一盏熄灭的灯。他在原地伫立着，美祢子也没有动一动。

"为什么不去看比赛？"良子在山下问道。

"刚才看了，实在没意思，半道上跑出来啦。"

良子看看美祢子，美祢子依然不动声色。

"我倒要问，你们为何离开，不是看得挺带劲儿的吗？"三四郎有意无意地高声说。

这时，美祢子微微一笑，三四郎不知道她笑的用意，随后向她们走近了两步。

"这就回去吗？"

两个女子都没有回答。三四郎又朝她们走近了两步。

"你们要上哪儿去呀？"

"嗯，办点事儿。"美祢子轻声说，话音听不清楚。

三四郎终于来到她俩跟前了，他随即站住，没有再追问她俩要去什么地方。操场上传来了欢呼声。

"这是跳高呀。"良子说道，"不知道这次跳到几米了。"

美祢子只是淡淡一笑，三四郎也闷声不响。他决心不开口提跳高的事。

"这上面有些什么好看的吗?"美祢子又问。

山上只有石头和山崖,没有什么好看的东西。

"什么也没有。"

"是吗?"她仍有些怀疑。

"咱们上去看看。"良子欣然提议。

"你呀,还不熟悉这个地方吗?"对方沉静地问。

"甭管啦,走一趟吧。"

良子捷足先登,其余两个跟着她。良子把脚伸到草地边缘,回过头来故意吓人地说:

"绝壁!这儿不正是萨福[1]纵身跳下去的那种地方吗?"

美祢子和三四郎放声笑了。然而,三四郎并不知道,萨福究竟是从什么地方跳下去的。

"你也跳跳看吧。"美祢子说。

"我?我也跳下去吗?不过这水太脏了呀。"她说罢又回到这边来。

不一会儿,两个女子商量起事情来了。

"哎,你去吗?"美祢子说。

"嗯,你呢?"良子说。

"怎么办呢?"

"总有办法的,要不然我去走一趟,你在这儿等我。"

"这样的话……"

始终没有结果。三四郎经打听才知道,良子想顺路到医院

---

1 Sappho,公元前七世纪希腊女诗人,相传因失恋跳崖投海而死。

护士那儿打声招呼，表示感谢。美祢子也想起今年夏天，自己的一位亲戚住院时认识了一个护士，她想去看看，但又觉得并不是非去不可。

良子是个生性纯真活泼的女子，最后她说了句"去去就回来"，便三步并作两步独自下山去了。其余两人认为这样的事儿用不着强留，也没有必要同她一起去。他们自然留了下来，从两个人消极的态度来看，与其说是自愿留下，不如说是硬被甩掉的。

三四郎又在石头上坐了下来。女子站着。秋天的太阳像一面明镜照射着混浊的池水。池中有一座小岛，岛上长着两棵树。青翠的松树和淡淡的红叶参差交错，宛如庭园里的盆景。越过小岛，对面一带树木蓊蓊郁郁，油绿闪亮。

"你认识那树吗？"女子从山丘上指点着那片暗黑的树荫问。

"那是椎树。"

女子笑了。

"这些你全记得呀。"

"你刚才想去看的就是上次那位护士吗？"

"嗯。"

"同良子小姐去看望的不是一个人？"

"不是一个，我想见的那位护士名字就叫椎呀。"

这回三四郎乐了。

"我想起来了，是你和那位护士手持团扇一同站在那里的。"

两人站在突向水池中的一块高地上。右侧还有一座低平的小山，同这边的山冈毫无关系。站在这里可以望见大松树和殿堂的一角，以及操场上的半边帷幕和平坦的草坪。

"记得那天很热，医院里太气闷，我受不住才跑了出来，可你为啥待在那里呢？"

"还不是热的。那天我初次会见野野宫君，然后从那里回来，头脑昏昏，心神不定呀。"

"你见到野野宫君，才感到心神不安的吗？"

"不，不是这个意思。"三四郎说着，望望美祢子的脸，急忙转变了话题。

"说到野野宫君，他今天真够忙的呀！"

"嗯，他很难得地穿起礼服来了，从早到晚，真够烦心的哩。"

"不过，看起来不是挺自在的吗？"

"谁？你是说野野宫君？你可真是……"

"怎么啦？"

"我是说，当个运动会的记分员有什么自在可言。"

三四郎又变换了话题。

"刚才他到你那里谈了些什么吧？"

"在操场上吗？"

"嗯，在操场上的栅栏前边。"

三四郎刚一说出口，就想把话收回来。女子应了一声，凝视着他的面孔，随即撇撇下唇，笑了笑。三四郎受不住了，他正想用话掩饰一下。女子开口了：

"上次给你寄了一张带画的明信片，你还没有回信哩。"

三四郎茫然失措，他答应马上回她。女子也没有再强求。

"哎，你知道有个叫原口的画家吗？"她又问。

"不知道。"

"唔。"

"怎么啦？"

"没什么，这位原口先生今天来看比赛了。野野宫君来关照我们说，他要在运动会上给大家写生，要是稍不留神，就会被画进漫画里去的。"

美祢子走到一旁坐下来，三四郎感到自己实在太愚蠢了。

"良子小姐没有和他哥哥一道回去吗？"

"想一起回去也不成呀，良子小姐从昨天起就住到我家里了。"

三四郎这时才听美祢子说野野宫的母亲回乡去了。母亲一走，兄妹俩就商定，随即搬离大久保，野野宫租寓所住下，良子住到美祢子家，每天从那里到学校走读。

三四郎对于野野宫君这种豁达的态度很感惊奇。既然能轻而易举地回到寓居生活中去，当初不如不建立个家为好。三四郎为之担忧，他的那些锅碗瓢盆等家什怎么处理呢？可转念一想，这些与自己无关，不值得一提，所以没有发表什么见解。再说，野野宫君从家长的地位退下来，恢复一介书生的生活秩序，这意味着远离了家族制度一步。三四郎认为，自己目前的尴尬处境会有所缓和，正合自己的心意。可是，良子和美祢子住在一起了，兄妹必然不断地来来往往。在不断来往当中，野野宫君和美祢子的关系也会逐渐亲近起来。那么，说不定野野宫君有朝一日会永远抛弃寓居生活的。

三四郎脑子里一边想象着疑云难解的未来，一边同美祢子应酬，总觉得有些心灰意冷。他一想到要极力保持自己寻常的一副神态，心里就很痛苦。幸好，这时候良子回来了，两个女子又在商量，想回去再看看比赛。可是秋季一天天变短，太阳很快就要西下了。随着太阳的渐次西沉，广阔的天地间寒气渐浓，砭人肌肤。商量的结果，决定一同回去。

三四郎想告别两位女子返回寓所。三个人边走边聊，始终没有停歇。所以他也找不到一个正式告辞的时机，仿佛是她俩拉着他走，三四郎也心甘情愿地被她俩拉着走似的。三四郎随着两个女子，绕过池端，穿过图书馆旁边，向斜对面的大红门走去。

"听说你哥哥过上寓居生活了，是吗？"这时，三四郎向良子发问。

"嗯。到底这样了。他把人家朝美祢子小姐家里一塞，真够呛呀。"

良子在争取同情，三四郎正想说什么，这时美祢子抢先开了口。

"像宗八先生那样的人，是我们难以想象的。他站得高，脑子里考虑的是大事情。"

美祢子大肆赞扬起野野宫君来了。良子默然不响地听着。

搞学问的人，躲开烦琐的俗事，隐忍地过着单调的生活，都是为了研究这一目的，所以是不得已的。像野野宫这种从事着连外国都为之关心的事业的人，却过上了同普通学生一般的寓居生活，这正是野野宫的伟大之处。寓所里越是污秽不堪，他就越会受到人们的尊敬。——美祢子对野野宫的赞辞，大致就是这些。

三四郎在大红门旁同她俩分了手。他一边朝追分方向走，一边思索起来。

　　正如美祢子所说的那样，自己同野野宫相比，真是相差甚远。自己刚从乡下进入大学的门槛，论学问没有学问，论见识没有见识。自己得不到美祢子对野野宫那样的尊敬，是理所当然的。这样说来，他觉得自己被这个女子捉弄了。起先，他在山冈上回答说："运动会没啥意思才待在这儿的。"于是美祢子一本正经地问他："这上头有好看的吗？"当时未引起注意，现在一分析，那话也许是故意嘲弄自己的吧？

　　想到这里，三四郎一一回顾着美祢子迄今为止对自己的言语态度，发现处处都含着恶意。三西郎站在道路的中央，不由得涨红了脸。他低下头去。当他猛然抬眼的时候，与次郎和昨夜演说的那个学生从对面并肩走了过来。与次郎光是点点头，没有开口，那学生摘下帽子，向三四郎致意。

　　"昨晚上怎么样？可别被捆住了手脚呀。"那学生笑着走了。

七

　　三四郎从后门转过来问老婆子，老婆子小声说，与次郎君从昨晚就没有回来。三四郎站在旁门边思索了一会儿。老婆子立即明白过来，一边不停地洗脸，一边说："请进吧，先生在书斋里哪。"看样子，刚吃罢晚饭。

　　三四郎穿过茶室，沿着走廊来到书斋门口。房门敞开着。这时，他听到房内有人招呼了一声。三四郎跨过门槛走了进去。先生面向书桌坐着，不知道桌面上摆着什么东西，高大的身影挡住了桌子，不知他在研究什么。

　　"您在钻研学问吧？"三四郎守在门口，很有礼貌地问道。

　　先生转过脸来，一嘴密匝匝的胡须，看不大清晰，恰似书本上看到过的某翁的肖像。

　　"哎呀，我还以为是与次郎呢，原来是你，失敬失敬。"

　　先生说着站起身来。桌上摆着笔和纸，先生在写什么东西。与次郎曾经感喟地说："我的那位先生经常写东西，然而别人读了也不明白，他究竟写一些什么。要是活着的时候能够编集成巨著倒也罢了，万一先死了，只不过是故纸一堆。太无聊啦！"三四郎看到广田书桌上的情景，马上联想起与次郎的这段话来。

"您若不便，我这就回去，本来也没啥要紧的事儿。"

"哪里，不碍事，你不要马上走。我这种事儿也不打紧的，不必急着办好。"

三四郎无言以对了。他心里想，假若有先生这样的心胸，学习起来也会感到轻松的。

"我是来找佐佐木君的，他不在家……"过了一阵，三四郎说。

"啊，与次郎不知怎的，好像从昨晚就没有回来。他经常东游西荡的，真叫人头疼。"

"是不是有什么重大的事要办？"

"这种人还能办什么大事？他只能制造麻烦呀，像他这样的傻瓜有几个？"

"他真是个乐天派哪。"三四郎无可奈何地说。

"乐天派倒也好了，可与次郎不是乐天派。他很不安分，心神不定——拿田野里的小河比喻他，再恰当不过了。既浅且狭，不过，河水却一直在动。他办事盲目，比如去赶庙会，他会突然心血来潮，提出一些莫名其妙的建议，说什么：'先生，买一盆松树吧。'没等你表态是否要买，他已经论价买下来了。不过，他在庙会上买起东西来本事可大啦。你让他买个什么，他都能便宜地买到手。可也有这样的事，到了夏天，大家都不在家时，他竟然把松树搬进客厅，关上挡雨窗，还上了锁。别人回来一看，松树早被热气熏蒸得发红了。他干什么事都是这样，真叫人没办法。"

实际上，不久之前三四郎曾经借给与次郎二十日元。当时，与次郎说，两周后就可以向《文艺时评》社领取稿费了，在这之前先借用一下。三四郎一问借钱的情由，甚是同情，便拿出刚从家乡寄来的现款，留下五日元自用，其余全部借给了与次郎。虽然还期尚未到，听广田这么一说，他也多少犯起了嘀咕。但这样的事也不好向先生说明。

"不过，佐佐木君对先生非常敬佩，暗地里他在为先生竭尽全力。"三四郎反而与次郎说话。

"他尽了什么力呢?"先生一本正经地问。

可是，与次郎所做的一切与广田先生有关的事，包括《伟大的黑暗》那篇文章，都不能让先生知道。这是他本人特别关照的。他曾经表示，事情正在运筹，半道上要是给先生知道了，准得挨骂，所以应当保持缄默。他还说，到了该说的时候，他自己会加以说明的。所以三四郎没有办法，只好把话岔开了。

三四郎到广田家里来，是有种种想法的。首先，此人的生活同其他人不一样，特别是和他三四郎的性情完全不相容。因此，三四郎不理解此人怎么会变成这样，他抱着好奇心前来研究研究，以便为自己提供参考。其次，他一来到此公面前，就变得心性坦然起来，对人世间的竞争也不以为苦了。野野宫君和广田先生虽然都具有超脱世俗的逸趣，但他总使人觉得，他是持有为求取超脱的美名而远避流俗之念的。因此，三四郎每当同野野宫君两人对谈的时候，自己总有一种想法，要尽早独立工作，为学术界做出贡献才行，并且为此十分焦虑。但是一跟广田先生谈起来，却显得很平静。先生在高级中学只教语言课，此外没有别的专长。——这种说法也许太唐突，不过并没有看到他发表什么研究成果，而且一直泰然自若。他想，先生那种悠然的态度正来源于这种生活之中。三四郎近来被女人缠住了，要是被自己的恋人所征服，倒也是一件趣事，然而眼下这种做法却使他莫名其妙。是被当成恋人，还是被捉弄？是可怖，还是可鄙？应当中止，还是应当继续下去？三四郎感到困惑。在这种时候，只有去找广田先生，同先生交谈上三十分钟，心情就会轻松、愉快起来。他想，一两个女人的事算得了什么。说实话，三四郎今晚外出十有八九是出于此种考虑。

他访问广田先生的第三个理由又是矛盾百出的。三四郎为美祢子感到苦恼；美祢子身旁又冒出个野野宫君，尤其使他苦恼非常。而和野野宫最为亲近的就是这位先生。因此他以为，到先生这里来，自然能弄清楚野野宫君和美祢子之间的关系。只要这一点清楚了，自己的态度也就可以确定了。但是，三四郎从未向先生打听过他们两个人的事，今晚不妨问问看。

"听说野野宫君住到寓所去了。"

"嗯，是住寓所了。"

"已经有过家，如今又去住寓所，总有些不方便吧？而野野宫君却能……"

"嗯，这种人对生活一向是不介意的，看他那穿戴就会知道。他没有什么家庭观念，不过搞起学问来却非常热心。"

"他打算就那么生活下去吗？"

"不得而知，也许会突然建立家庭的。"

"他没有想过找夫人的事儿吗？"

"也许想过的，你给他介绍个合适的吧。"

三四郎苦笑着，觉得说了一些多余的话。

"你怎么样了？"广田先生问。

"我……"

"还小呢，现在就讨老婆，那可够受的呀。"

"家里人都在劝说呢。"

"谁呀？"

"母亲。"

"你打算遵从母亲之命吗？"

"我很不情愿。"

广田先生笑了。胡须下面露出了牙齿，这是一口十分漂亮的牙齿。三四郎顿时产生了一种亲切感。然而这种亲切感是脱离美祢子，脱离野野宫，超脱三四郎眼前利害的亲切感。于是，三四郎觉得打听野野宫等人的事儿是可耻的，便不再问下去了。广田先生这时又发话了。

"应当尽可能遵从母亲的意思。近来的青年和我们那个时代的青年不一样，自我意识太强，这是不行的。我们做学生的时候，一举一动都未曾脱离开过别的人，一切都在为别人考虑，想到的是君王、亲友、国家、社会。一句话，那时受教育的人都是伪君子。社会的变化终于使这种伪善再也行不通了，结果在思想行动方面便引入了自我为主的思想。这便使自我意识发展得过了头。过去是伪君子兴时，如今是坦率家[1]当

1　原文作"露恶家"，指不掩饰自己的缺点或劣迹的人。

道。——你听说过'坦率家'这个词儿没有？"

"没有。"

"这是我临时杜撰的词儿。你是否也是个坦率家呢？看来是的吧？至于与次郎那种人，倒是个典型。你不是也认识姓里见的那个女子吗？她也是个坦率家，还有一个野野宫的妹妹。他们这些坦率家各有各的特点，所以很有意思。过去，只要当官的和亲老子是坦率家就行了，如今，各人都以相等的权利争做坦率家。当然这并非什么坏事。除去发臭的盖子，露出的是粪桶，剥去美丽的外形，也就露出了丑恶的内涵，这是毫不含糊的。只有形式上的美，反而会惹起麻烦，不如都节约下来，用于质朴的内容上来得更充实，这样更痛快些。真可谓'天丑烂漫'。然而，这种烂漫超过了限度，坦率家之间也会感到不便起来。这不便渐渐增大，进而达到极限的时候，利他主义又会复活。在利他主义流于形式而腐败之后，又回到利己主义上来了。永无止境。我们且不妨就这样看待生活好了。我们就在这样的生活中求得进步。你看看英国，这两个主义一直保持着均等的平衡，因此裹足不前，毫无进步。既没有出现过易卜生，也没有出现过尼采。真可悲！他们自己倒得意扬扬，旁观者看来，犹如坚硬的化石一般……"

三四郎打心眼里敬佩这段话。不过，他觉得离题远了些，而且讲得婉曲玄妙，所以有些惊讶。这时，广田先生渐次恢复了平静。

"刚才说些什么来着？"

"说了结婚的事儿。"

"结婚？"

"嗯，您劝我遵从母亲的意思……"

"哦，对了对了，必须尽量遵从母命。"

广田先生说罢嘻嘻笑着，就像对待小孩子一样。三四郎并没有什么不快的感觉。

"说我们都是'坦率家'，是可以理解的；说先生那时代的人都是伪君子，这是什么意思？"

"我问你，受到别人的亲切照顾会感到愉快吗？"

"嗯，是愉快呀。"

"真的？我不这样看。有时受到亲切的照顾，反而感到不愉快。"

"在什么情况下呢？"

"当这种亲切只停留在形式上，并且没有一定的目的的时候。"

"会有这种时候吗？"

"比如，元旦那天人家向你道喜，你确实会感到可喜吗？"

"这个……"

"不会吧。与此相同，大凡捧腹大笑或笑得栽倒在地的人，没有一个是真心发笑的。亲切也是如此。有的是因为工作关系受到亲切的待遇。就像我在学校当教师那样。实际的目的是为衣食，要是被学生看穿，一定会感到不快。与此相反，像与次郎那号人，正因为是坦率家的代表人物，时常找我的麻烦，这样的调皮鬼叫人实在难以对付。可他并没有恶意，尚有可爱之处。这就像美国人对待金钱采取那种露骨的态度一样，其行为的本身就是目的。这种自身就是目的的行为是最老实不过的了。而老实的行为总不会使人感到厌恶，所以我们那个时代受过'万事都不能老实'这种邪恶教育的人，都不受欢迎。"

讲到这里，三四郎也懂得了这番道理。然而，对于三四郎来说，眼下最迫切的问题不是弄懂一般的道理，而是想弄清楚实际交往中的某些特定对象是否是老实的。三四郎在心里又把美祢子对自己的言行重新回顾了一遍，但几乎无法断定是惹人厌恶还是讨人喜欢。三四郎怀疑自己的分辨能力比别人要迟钝一倍。

此时，广田先生猛然想起一件事来。

"噢，还有呢，到了二十世纪之后，怪事很是流行。有一种可恶的做法是，用利己主义填充利他主义。你见过这号人没有？"

"什么样的人呢？"

"换句话说，就是以'坦率家'之名行'伪善'之实。你还不明白吧？我就略加说明，也许话不太好听。——往昔的伪君子，首先应该考虑的是千方百计获得人们的好感。但实际上相反，为了改变人们的感触而故意去做伪善的事。那种做法，不论从哪个角度看起来，都只能使人觉得是伪善的。对方看了当然会引起反感，本人也因此达到了目的。坦率家的特征在于他的老实，将伪善毫无改变地运用下去，而且表面上使用的言语也一直是伪善的。——你看这两者不就合为一体了吗？近来，能够巧妙地运用这种方法的人大大增多了，神经极其敏锐的文明人种，要想成为优秀的坦率家，这便是最好的方法。'要杀人就不能不见血'，这是一句十分野蛮的话，嗒，这种办法渐渐不时兴了。"

广田先生仿佛是一个古战场上的向导，在向游人作讲解，他把自己置于由远处眺望现实的地位上了。这样做颇具有达观的意趣，就像在课堂上听课能够激发人一般的感触那样。可这番话对三四郎却震动很大。这是因为，这种理论非常适用于盘桓在他脑际的美祢子这个女子。三四郎把这把尺子置于头脑之中，衡量了一下美祢子的一切。但又有许多地方无法测定。先生闭上了嘴，又从那副鼻孔里喷出了"哲学之烟"。

这时，门外响起了脚步声。来人也没有求人引路便沿着回廊走进来了。忽然看到与次郎来到了书斋的房门前，他说了声："原口先生来了。"与次郎把自己进来该说的问候话全免了，也许是故意免的吧。他只是用目光草率地向三四郎略一致意，随即出去了。

原口先生在门槛上同与次郎擦肩而过，他走进屋来。原口先生生着一副法兰西胡须，头发剪得短短的，胖乎乎的身材。看起来，比野野宫君年长两三岁，他穿的和服要比广田先生的漂亮得多。

"哦，久违了。刚才佐佐木到舍下来，我们一道吃了饭，聊了一阵子。现在又被他拉来……"

原口的谈吐十分乐观。旁边的人听了，也会备受鼓舞的。三四郎自从听到这个名字，就以为他大概就是那位画家吧。与次郎到底是个善于交际的人，他同这些前辈都相熟。三四郎感佩之余，变得拘谨起来。三四郎每到长辈面前就显得拘谨，据他自己解释，这是受九州式的教育的结果。

接着，主人把三四郎介绍给原口。三四郎恭恭敬敬地行了礼，对方也微微点头致意。其后，三四郎便默默地倾听他俩的谈话。

原口先生表示先谈谈正经事儿。他说，最近要开一个会，想请广田先生出席。因为不打算成立什么会员之类的组织，发出的通知只限于少数的文学家、艺术家、大学教授等，所以无碍的。而且大都相知，可以不拘形式，目的是请大家相聚一起，吃顿晚饭，就文艺交换一些有益的见解。事情就是这样。

广田先生一口答应下来。办完这桩正事，原口先生和广田先生此后的谈话颇为有趣。

"你最近都在干些什么？"广田先生问原口先生。原口作了如下的回答：

"依然在练习一中调¹，已经学习了五支曲子，其中有《花红叶吉原八景》²《小稻半兵卫唐崎情死》³，非常有意思。你也来试试看吧。不过这种曲调不能用太大的嗓音唱啊。据说本来只限于四铺席半的小客厅里演唱。也许我用了大嗓门唱的缘故吧，加之音调不时转折变化，所以怎么也唱不好。下回唱一支献丑，请你指教。"

广田先生笑了，接着，原口先生继续朝下说。

"尽管这样，我还能凑合，提起里见恭助，简直不可收拾，真不知怎么搞的。妹妹是那般聪明伶俐。前些时候，终于打了退堂鼓，说不再唱曲子了，要学习一种乐器。还有人劝他去学锣鼓乐⁴呢，真可笑啊！"

---

1 原文作"一中节"，净琉璃说唱艺术的一种，延宝年间（1673—1681），始流行于京都的都一中，因而得名。

2 原名为《吉原八景　花红叶锦廓》，此曲创作于文化初年（1804），初代樱田治助作词，初代菅野序游作曲。

3 简称《唐崎心中》，写稻野屋半兵卫和大津柴屋町的艺伎小稻情死的故事。

4 祭祀时的彩车上用锣鼓、笛等演奏的曲子。

"这是真的？"

"当然是真的，里见还给我说过，叫我也可以去试一试。听说那种锣鼓乐有八种演奏方法。"

"你就干起来吧，听说那玩意，一般的人都能行。"

"不，我不喜欢锣鼓乐，可我很想去打打鼓什么的。我一听到鼓声，就觉得现在不是二十世纪了，这很好。一想到要逃脱如今的世界，便觉得那鼓声倒是一剂良药。不管我如何悠然自得，都无法描绘出像鼓声那样生动的画面来。"

"你是不想画的吧？"

"实在画不出呀。现在躲在东京的人怎能画出气度非凡的画来。当然不仅限于绘画。——提起画画，想起上次开运动会的时候，本想为里见小姐和野野宫的妹妹画一幅漫画，她们竟然躲开了。这回我打算绘一幅标准的肖像画送去展览哩。"

"给谁画呢？"

"里见的妹妹。普通日本女人的脸孔都属于歌麿[1]式，画在西洋画上，效果不佳。可是画里见小姐和野野宫君的妹妹倒是可以的，两人全能入画。我想画一幅那女子用团扇遮面、站在花树之前、朝向亮处的画来。尺寸和人物一样大小。西洋的扇子太俗气，不能用。日本的团扇新颖别致。这得及早动手，否则，妙龄女子随时都可能出嫁，到时候说不定由不得我了。"

三四郎带着很大的兴趣听原口讲述着，特别是那幅美祢子以团扇遮面的构图，使三四郎激动不已。他甚至想，他们两个之间也许存在着一种奇妙的因缘吧？这时候，广田先生开口了。

1　喜多川歌麿（1753—1806），江户后期浮世绘画派的代表，作品多以优艳的美人画为主。

"那样的画面又有什么意思呢？"广田先生直截了当地说出了自己的看法。

"不过，这是她本人的愿望。她曾问起团扇遮面意味着什么，我说颇有妙趣，她就答应了。这样的构图不算差，当然还要决定于具体的运笔。"

"要是画得太漂亮，求婚的人就会增多，这怎么得了？"

"哈哈哈，好吧，我画成中等程度吧。论起结婚，她也到了婚嫁期了。怎么样，还没有找到中意的吗？里见君也在托我哩。"

"你把她娶了怎么样？"

"我吗，如果可以的话，我倒愿意。不过，那女子信不过我呀。"

"为什么？"

"她曾嘲笑我，说原口先生出国时踌躇满志，特地买了许多松鱼干带着，说要在巴黎的寓所里闭门攻读，真有些不可一世。等一到巴黎，完全变了。她的话叫我无地自容，兴许是从她哥哥那儿听到的。"

"那女子，若不是自己情愿是不行的，劝也没用。在没有找到意中人之前，还是过独身生活为妙。"

"这完全是学西洋那一套。不过，将来的女子都会这样的，只好由她去了。"

后来，两人花了很长时间谈论绘画。三四郎对广田先生知道那么多西洋画家，甚为惊讶。三四郎告辞回去时，正在门口找木屐。这时，先生来到楼梯边喊了一声。

"喂，佐佐木，下来一下。"

外面很冷，天空高爽晴明，仿佛要从什么地方降下露珠似的。手指碰到衣服，也会感到一股凉气。三四郎沿着行人稀少的小路，曲曲折折拐了两三个弯，突然看到一个占卜师。只见他拎着一盏大圆灯笼，将下半个身子映得通红。三四郎想占上一卦，但终于没有开口。他闪在一旁让那盏灯笼通过，自己穿着礼服的肩膀几乎碰到了了杉树花墙。不一会儿，他斜穿过暗处，走上通往追分的大道。街角处有一家面馆，三四郎一横心，掀起门帘走了进去。他想喝一点酒。

三个高中学生正在里面谈话，有的说："近来学校的老师，中午吃面条的多起来了。"有的说："卖面条的小贩，听到午炮一响，就挑着一笼一笼的面条，急急赶往学校去。这里的面馆因而赚了大钱了。"还有的说："一个叫作什么的老师，夏天也要吃热汤面，不知为什么。"另一个人便应道："也许因为胃口不大好吧。"此外，他们还扯了许多别的。对于教师，大都直呼其名，只对广田一人称作广田公。接着，他们便议论起广田公为何过着独身生活来了。一个说："我曾到过广田公的住处，看到屋里悬挂着裸体女人画，看来他并不讨厌女人哩。"另一个说："这些裸体画大都是西洋人，不足为凭。也许他很讨厌日本女人吧。"别的人接着说："还不是失恋造成的？"有人又问："失恋竟会使人变得那样古怪吗？"又有的追问道："听说有年轻的美人出入他那里，是真的吗？"

听了他们的谈话，三四郎觉得广田先生是个伟大的人物。至于为什么伟大，他自己也不太清楚。反正这三个学生都在阅读与次郎写的《伟大的黑暗》一文。他们说，读了这种文章，立即对广田公产生了好感。他们时时引述《伟大的黑暗》里的警句，并极力称赞与次郎文章写得好。他们在怀疑，零余子又是谁呀？但三个人都一致认为，不管怎么说，他是个十分熟知广田公的人。

三四郎在一旁听了，感到很有道理。与次郎写了《伟大的黑暗》这样的文章。正如他本人所供认的那样，《文艺时评》的销路不高，但是却堂皇地刊登了他的所谓大论文。这就给三四郎带来疑惑，他那扬扬自得的劲儿，除了使自己的虚荣心得以满足外，又能获得些什么呢？由此可见，铅字的力量依然是强大的。正如与次郎所说，有一言半句不说出来也是要吃亏的。三四郎心想，拿笔杆子的人实在责任重大，一个人的誉毁褒贬都掌握在他的手中。三四郎边想边离开了面馆。

回到寓所，已经醒了几分酒。他总感到有些无聊，于是茫然地坐在桌子旁边。这时，女仆提着开水上来，顺便带来一封信。又是母亲的信。三四郎立即打开，今天得到母亲的亲笔来信，他非常高兴。

信写得很长，也没有说什么要紧的事情。尤其只字未提三轮田的阿光姑娘，真是太难得了。不过，信中有一段颇为奇怪的劝告：

"你从幼年时起就很胆小，这不行。没有胆量会吃大亏的。碰到考试之类的事情时，就会不知所措。兴津的高先生那样有学问，做了中学教员，每逢遇到检定考试，身子就发抖，不能很好地回答问题。可怜他至今没有提高薪水。后来恳求一位当医生的朋友，配制了医治发抖的丸药，考试前服了药，但依然发抖。你还不至于浑身打哆嗦，所以最好请东京的大夫配点平时能壮胆的药吃吃，说不定有效。"

三四郎觉得母亲真是太糊涂了。然而，他又从这种糊涂之中获得了莫大的安慰。他深切地感到，母亲对自己实在太体贴了。当晚，他给母亲写了一封长长的回信，信中还提了一句，说东京这地方没有什么意思。

八

三四郎借钱给与次郎的经过是这样的。

有一天晚上九点左右，与次郎突然冒着雨闯来，劈头就说："太倒霉啦!"三四郎一看，他的脸色很不好。开始以为他是被秋雨冷风吹打得太厉害了，等坐下来一看，不光脸色不好，精神也很消沉。三四郎问他："身体不舒服吗?"与次郎眨巴了两下像鹿一般的眼睛，回答说："我的钱弄丢了，真糟糕!"

与次郎脸上挂着愁容，他抽着烟，从鼻孔里喷出来几缕烟雾。三四郎当然不能默然呆坐下去，他再三打听是什么样的钱，在哪儿丢了。与次郎的鼻孔里吐着烟雾，有时尽量停顿一下，接着便把事情的原委详详细细地叙说了一遍，三四郎才弄明白。

与次郎丢的钱共二十日元，是别人的钱。去年，广田先生租借原来的那套住房时，一下子付不出三个月的押金，便由野野宫君凑齐了不足的数额。据说这笔钱是野野宫君叫乡下父亲寄来特为妹妹购买小提琴用的。虽说不怎么急用，但拖延久了，就要难为良子了。良子现在还没有买小提琴呢。这都因为广田先生没把钱还人家呀。先生要是能还，早该还了。但是他每月没有一文节余，除了薪水之外又无其他收入，所以只好耽搁下来。今年夏天，先生批阅高中生入学考试的答卷，获取了六十日元津贴费，于是吩咐与次郎帮他办这件事，总算了却一桩心事。

"我把这笔钱丢了，实在对不起他。"与次郎说，脸上露出很是难为情的样子。三四郎问他究竟丢在什么地方了，他说其实不是丢的，是去买了几张赛马票，全给糟蹋了。三四郎对此甚感诧异，觉得这个人实在荒唐，不想再发表什么意见了。况且，他本人也打不起精神。现在的与次郎同平时异常活跃的与次郎比起来，简直判若两人。两者形成了强烈的对比。一种既可笑又可怜的心情，在三四郎的胸中涌起。他笑了，与次郎也笑了。

"不管它啦，总会有办法的。"他说。

"先生知道这件事吗？"三四郎问。

"还不知道。"

"野野宫君呢？"

"当然不知道了。"

"钱是什么时候拿到的？"

"本月初到手的，至今正好过了两周。"

"什么时候买的赛马票？"

"拿到钱的第二天。"

"从那时起，你就是这样听之任之的吗？"

"我多方奔走都无济于事，实在不行，干脆拖到月底再说。"

"到了月底就有办法解决了吗？"

"我想《文艺时评》也许能帮个忙。"

三四郎站起来打开抽屉，朝昨天母亲寄来的信封里望了望。

"这儿有钱，本月家里提前给我寄来了。"

"谢谢你啦，亲爱的小川君。"与次郎顿时活跃起来，他那腔调就像一个滑稽演员。

十点过后，两人冒雨来到追分大街，走进拐角的那家面馆。这时候，三四郎想起在面馆里喝酒的事，当晚两人高高兴兴地喝了一阵酒，由与次郎请客。与次郎是个从来不让别人掏腰包的人。

打那之后直到今天，与次郎都没有把钱还来。三四郎为人老实，一直记挂着寓所的房钱。他虽然没有催与次郎还钱，但心中一直希望他快些想办法。说着说着，到了月末，这个月份只剩下一两天了。三四郎没有预料到万不得已本月的房钱还得延期。当然他也不敢相信与次郎会马上还他。三四郎只是以为，与次郎对朋友总还算亲切，他会想办法的。但听广田先生说，与次郎的头脑就像浅滩上的水一般时时流动着。他要是这样一个劲儿地流动下去，忘却了责任就糟了。但愿不致如此吧。

三四郎从楼上的窗口里眺望着马路，他看到与次郎脚步匆匆地从对面走来，到了窗下，仰头看看三四郎说了句："唔，你在家。"三四郎望着与次郎，答了一声："嗯，在家。"彼此只极简单地打了声招呼，显得很不像样。三四郎把脑袋缩了进去，与次郎噔噔噔地沿着楼梯上来了。

"等急了吧，我估计你是在为房钱犯愁呢！所以多方奔走，真是哭笑不得。"

"《文艺时评》付给你稿费了吗？"

"稿费？稿费早就领过了。"

"不过，你是说到本月底才能拿到呀。"

"是吗？搞错了吧，我现在一文也拿不到了。"

"真怪，你确实是这么说的呀。"

"哪里，我本来想预支一些，可他们不愿意，以为我一借就不还了。岂有此理！不就是二十日元嘛！我给他们写了《伟大的黑暗》，他们还不相信我，真糟糕。我是腻味透了。"

"那么说，钱没有到手吗？"

"不，我从别处借到了，我想你也够苦的。"

"是吗？真难为你了。"

"不过，事情很麻烦，钱不在手上，你得亲自去取才行。"

"到什么地方取？"

"实说了吧，由于《文艺时评》那边想不出办法，我又去找原口等人，跑了两三家。可是临近月底，大家手头都不宽绰。最后，我到里见家去了。里见家，你知道吗？他叫里见恭助，法学士，美祢子的哥哥。我找到了那儿，谁知道他不在家，还是没有解决问题。当时我饿得走不动了，见到了美祢子小姐，把事情对她讲了。"

"野野宫君的妹妹不在吗？"

"那时正午刚过，她正在学校上课呢。况且是在客厅里交谈，没关系的。"

"是吗？"

"美祢子小姐答应了，她说可以先垫一垫。"

"那女子自己有钱吗？"

"这倒不清楚，不过不要紧，她已经答应过的。她可是个奇怪的女子，年纪未到，就喜欢做大姐姐一般的事，只要她肯答应，就只管放心，不必犯愁了。只要托给了她，保准可靠。但是，她最后给我说：'钱我这儿倒是有，但不能交给你。'我有些惊讶，问她：'你真的信不过我？'她'嗯'了一声，笑了。真叫人难为情。我说：'那么，叫小川君来取好吗？'她回答：'嗯，由我交给小川君吧。'只好听她的了。你能去跑一趟吗？"

"要是不去取，就得给家乡打电报想别的办法。"

"打电报不必了，干吗那样傻气。不管怎样，我看你还是取来吧？"

"好吧。"

二十日元的事总算有了着落。谈完这些，与次郎立即讲起有关广田先生的事情来。

与次郎正在积极活动，他一有空就到学生寓所去，同每个人磋商。交谈只好一个一个地进行。假如大家群集一处，各人都强调自己的观点，弄不好会产生对立情绪；再不然就是有些人的主张受到忽视后，一开始就采取冷淡的态度。因此，必须逐一个别交换意见。不过，这样做既费时间又费钱财，要是以此为苦，就无法开展活动了。而且在交谈中不能随时提起广田先生的名字，如果叫对方觉察到商量此事的目的不是为着自己而是为着广田先生，双方就很难取得一致意见。

看来与次郎正在用这种办法一步步地开展活动，至少到目前为止，事情还算顺利。甚至得出了如下的看法：光有洋人不行，一定要日本人参加；然后大家再聚会一次，选出委员向校长和总长表明我们的希望。当然聚会只是一种形式，免去也可以。可当选上委员的学生，大体上都心中有数。他们都是拥护广田先生的人，根据谈判结果，届时也许由我向当局提出广田先生的名字来。……

听了与次郎这一番话，使人觉得此人似乎能独自运筹天下大事。三四郎不得不深深敬佩与次郎的本领。与次郎还提到有一天晚上，他把原口先生带到广田先生那里去的事。

"那个晚上，原口先生不是说举行文艺家的聚会，劝先生也去出席吗？"与次郎说道。

三四郎当然记得这件事。听与次郎说，他自己也是发起人之一。举行这次聚会有种种考虑，其中最重要的理由是，与会者之间有一位大学文科的教授，是个实力派人物。让他同广田先生接触，对先生来说十分有利。先生是个古怪的人，他不想同任何人来往。但此次由我们制造良机，安排他们接触，古怪人也会顺应的。……

"还有这么多想法，我一点也不了解。刚才你说你是发起人，那么开会时由你出面通知，那些要人们都会应邀前来的啰？"

与次郎一本正经地望了三四郎一会儿，苦笑地转过脸去。

"别瞎说了，我这个发起人，不是那种抛头露面的发起人，我只是组织了这次聚会。就是说，我已经说服了原口先生，万事都由他出面张罗。"

"是吗？"

"什么'是吗'，土里土气的。不过，你也可以参加，反正最近就要举行的。"

"到那种要人们集中的场所，太难堪了。我就算了吧。"

"又说傻话了，要人也好，凡人也好，只不过在社会上出头的顺序有先有后罢了。那些博士、学士之流，见面谈谈也不觉得他们有什么了不起。首先你自己不要以为对方如何伟大。请你务必参加，这对你将来有好处。"

"在什么地方？"

"大致定在上野的精养轩。"

"我从来没有到过那种地方，要出很贵的会费吧？"

"唔，两日元光景，不要老惦记着会费不会费的，你要是没有，我可以垫上。"

三四郎忽然想起刚才提到的那二十日元来了。也并没有以此为怪。与次郎接着提议到银座的馆子去吃炸大虾，他说自己有钱。真是个莫名其妙的人。一贯听人摆布的三四郎也拒绝了他。后来，他俩一起散了散步，回来时到冈野那里去了一下。与次郎买了很多栗子饼，他说要送给先生尝尝，便捧着袋子回去了。

当晚，三四郎在思索与次郎的性格，他想，也许是久居东京才变得这样的。接着又考虑了一下到里见家拿钱的事。有事能到美祢子那儿走一趟，这使三四郎感到非常高兴。不过，低三下四地向人家借钱，真叫人受不了。三四郎有生以来，从来没有向人告过贷，何况这次的借主又是个姑娘家，生活尚未独立。即使她自己手头上有些钱，未经哥哥许诺就借出去，且不说借钱者如何，对于她这个借主本人，也许会带来诸多麻烦。反正去见上一面再说。等见到她后，如果借钱的事使她感到不便，就权且作罢，房钱向后延宕些时日，等家里寄来以后就可以还清了。——三四郎想到这里，算是把眼下的事情告一个段落。接着，美祢子的影像漫然地浮现在他的脑海里。美祢子的脸孔、双手、颈项、衣带、服饰等，在他的联想中若隐若现。尤其是明日见面时，她会是一副什么神态，说些什么话呢？三四郎设想着可能出现的场面，不下一二十种。三四郎生来就是这样的人。每当同别人商量要紧事或约人见面的时候，他总爱预先揣摩对方的各种表现。至于自己应当持什么神态，讲些什么话，用什么腔调，则一概不加考虑。等到会见完毕，回忆一下自己的对策时，便后悔不迭。

尤其是今天晚上，三四郎再也无暇顾及自己一方了，他一直对美祢子抱有疑虑。然而也仅是疑虑而已，没有什么解决的办法，也没有哪一件事需要当面向她问清楚。因此，三四郎也从未想过如何彻底消除自己的疑虑。假如有必要求得解决而使三四郎安下心来，那只能利用同美祢子接触的机会，察言观色，由自己得出恰如其分的判断。明日的相会，就是做出这种判断所不可缺少的材料。三四郎设想着对方的种种表现，然而不管做何种想象，得到的结果都是对自己有利的，但实际上都是大可怀疑的。如同观看一张照片似的，这照片把污秽的地方也照得很漂亮。这虽然是一幅不折不扣的照片，但实际的景物又很污秽。这两者本来应该是协调的，但如今却显得很不一致。

最后，他想起一件令人高兴的事。美祢子说要借钱给与次郎，但又不肯把钱交到他手里。实际看起来，与次郎说不定在金钱上是个不守信用的人。美祢子是因为这个才不把钱给他的吗？他有些疑惑不定。如果不是这个原因，那就是她对三四郎十分信任。仅从她肯借钱这一点上看，是满怀好意的。美祢子要见见我，并打算亲手把钱交给我。——三四郎想到这里，神情恍惚起来。

"她不会捉弄我吧？"三四郎忽然涌起了一个念头，顿时有些面红耳赤了。假若这时有人问三四郎，美祢子为何要捉弄他，三四郎恐怕也无言以对。如果硬要他回答的话，那么三四郎也许会说，她本来就是一个喜欢捉弄人的女子嘛。三四郎肯定没有料到，这正是对自己盲目自信的一种惩罚。——三四郎认为，有了一个美祢子，他变得飘飘然起来了。

第二天，幸好有两个教师缺席，下午没有上课。三四郎感到回寓所太麻烦，在外头吃了一顿便饭，就到美祢子家去了。他不知打这里经过多少趟了，可这次是第一次进去。砖瓦葺顶的门柱上，钉着写有"里见恭助"的门牌。三四郎每当走过这里，就想，这位里见恭助到底是怎样一个人呢？从来没有见到过他。正门紧闭着，从旁门走进去，距离房子正门格外近。地上间或铺着长方形的花岗石，房门嵌着漂亮的细格子门，严严地关闭着。三四郎按了按门铃，对传话的女仆问道："美祢子小姐在家吗？"话一说出口，不知怎的，倒觉得有几分不自在起来。三四郎从未干过这种事儿：站在别人的门口，打听一个妙龄女郎在不在家。他感到太难启齿了。谁知女仆却格外认真，而且很有礼貌。她进去一会儿，又走出来，客客气气地行了礼，说了声"有请"。三四郎跟着她走进客厅。这是一座挂有厚厚窗帘的西式房子，室内微暗。

"请稍候……"女仆打了声招呼，出去了。三四郎在宁静的室内坐了下来。他的正面是嵌入壁间的小型火炉，上面横着一面长镜子，镜前放置两只烛台。三四郎站在两只烛台中间，对着镜子照了照，又坐下了。

这时，里院传来了小提琴的响声。这琴声像随着轻风飘忽而来，很快就消散了。三四郎觉得惋惜。他靠在厚厚的椅背上，侧耳倾听，希望那琴声再持续一些时候，然而，却再也未曾响起过。约莫过了一分钟，三四郎将那琴声完全忘了。他凝视着对面的镜子和烛台。他感到一种奇妙的西洋味儿。他又联想起基督教来。为何想起了基督教，三四郎自己也闹不明白。这时，小提琴又响了，这回是高音和低音接连响了两三次，随后便猝然消失了。三四郎对西洋音乐一无所知，但在他听起来，刚才拉的绝不是完整的一节，只不过是随意拨弄而已。这种随心所欲的琴声，同三四郎的情绪十分相合。宛若从天上骤然落下来两三粒散乱的冰雹似的。

三四郎将感觉蒙眬的双眼转向镜子，这时，美祢子不知何时已经站在里面了。女仆关上的房门眼下敞开着，美祢子用手分开门后的帷幕，胸脯以上部分清晰地映在镜子里。美祢子在镜中望着三四郎，三四郎望着镜中的美祢子。她嫣然一笑。

"欢迎。"

身后响起女子的声音。三四郎不得不转过脸去，他和她面

164

对面地对视着。这时，女子那蓬松的长发忽闪了一下，低头致意，她的态度十分亲密，似乎用不着行礼了。三四郎离开座位鞠了一躬。女子佯装没有看见，走到前边背着镜子，同三四郎面对面地坐了下来。

"你到底来了呀。"

仍是一副亲密的口吻。三四郎听了这句话，非常高兴。女子身穿闪光的绸料衣裳，从刚才三四郎等了老半天可以得知，她来客厅之前说不定是专门换了这身漂亮衣服的。她端庄地坐着，眼睛和嘴角带着微笑，默默地瞧着三四郎。她那副神态，倒使得男人产生一种甘美的苦味。这女子一坐下来，三四郎就耐不住她那久久凝视的目光。他马上开口说话了，好像突然发作的一般。

"佐佐木他……"

"佐佐木君到你那儿去了吧？"女子说着，露出一口洁白的牙齿。她的背后就是刚才那两只烛台，分别摆在炉台的左右两边。这烛台是用黄金做成的形状奇特的工艺品，把它当成烛台，完全出于三四郎的臆断，实际上他并不知道是何物。这奇怪的烛台后边，就是那面明晃晃的镜子。光线被厚厚的窗帘挡住了，没有充分射入室内。此外，天气也是阴沉沉的。三四郎就是在这种时候看到美祢子那洁白的牙齿的。

"佐佐木他来过了。"

"都说了些什么？"

"他叫我到你家来一趟。"

"是啊，——所以你就来了，对吗？"她有意地问。

"嗯。"他说着，略微踌躇了一下，"哦，是这样的。"

女子的双唇遮蔽了那口白牙，她静静地站起来，走到窗户旁边，眺望着外面。

"天阴了，外头顶冷的吧？"

"不，特别暖和，一丝风也没有。"

"是吗？"她说罢回到座位上。

"实际上是佐佐木把钱……"三四郎开始谈起来。

"我知道。"她中途打断他的话。三四郎不作声了。

"是怎么弄丢的？"她问。

"买了赛马票了。"

"啊？"女子叫了一声，但脸上却没有惊讶的表情，她反而笑起来了。过一会儿，又加了一句，"真坏呀。"三四郎没有吱声。

"凭着赛马票赌博，这不是比猜测人的内心更加困难吗？像你这样漫不经心的人，对一个那么容易猜的人都不愿意猜一猜的呀。"

"我没有买赛马票呀。"

"那么，是谁买的？"

"佐佐木买的。"

女子立即笑了起来，三四郎也觉得有些滑稽。

"这么说，并不是你等钱用啰？真是叫人莫名其妙。"

"是我等钱用啊。"

"是真的吗？"

"是真的。"

"不过，这事太奇怪了。"

"所以，不向你借也行。"

"为什么？不高兴啦？"

"没有，瞒着你哥哥向你借贷总不合适。"

"什么意思？不过我哥哥答应了呀。"

"是吗？好，那就借吧——不过，不借也无碍的。只要给家里说一声，一周之内就能寄来的。"

"要是嫌麻烦就不必勉强……"

美祢子的态度立即冷淡下来。三四郎觉得，刚才还近在咫尺，现在她一下子拒人于千里之外了。三四郎想，还是应该把钱借过来，但已经无法改口了。他只是望着烛台出神，三四郎从来是不愿主动讨好别人的。这女子呢，一旦疏远就不再接近了。过了一会儿，她站起来，从窗户里窥看着外面。

"天不会下雨吧？"她问。

"天不会下雨的。"三四郎也用同样的语调回答。

"要是不下雨，我想出去一下。"她站在窗户旁边说道。

三四郎听来，这是要赶他走了，可见那一身闪光的绸缎衣裳并非是为了他才换的。

"我该回去啦。"他站起身来。

美祢子把他送到门口。三四郎走到摆鞋子的地方，穿上了鞋。

"咱们一起去吧，好吗？"这时，美祢子在上面说。

"哎，怎么都行。"三四郎一边系鞋带，一边回答。

女子不知何时已经走下了地面。她一边走，一边把嘴凑到三四郎的耳畔，低声说："你生气了？"这时，女仆慌忙出来送客。

两人默默无言地走了一段路。这当儿，三四郎一直在考虑美祢子的事。这女子定是娇生惯养长大的，而且在那样的家庭中享有一般女子所没有的自由，万事都可以为所欲为。单从今天未经任何人许可就同自己一道出来逛马路这一点，三四郎就能明白。这女子失去了年长的父母，年轻的哥哥又采取放任的态度，所以才养成了这样的性格吧。要是在乡间，她肯定吃不开。假如叫她也过上三轮田的阿光那样的日子，不知她会怎么样哩。东京不同于乡下，凡事都很开明，所以这边的女子大都成了这个样子。要是再凭着长远的目光看看，有些人又略带旧式的特征。与次郎将美祢子比作易卜生笔下的人物，看起来倒十分合适。不过，美祢子仅是不拘流俗这一点像易卜生笔下的人物，还是连她内心的思想也是属于易卜生式的呢？三四郎对这一点还不明白。

不多会儿，两人来到本乡的大街上。他俩虽然一道儿走着，可谁也不知道对方要到什么地方去。眼下已经拐过三条横街了，每拐一次，两人的脚步便不谋而合地转向同一个方向。他们沿着本乡大街走向四条巷拐角处的时候，女子开口了。

"你到哪儿去？"她问。

"你要上哪儿？"

两个对视了一下。三四郎显得极为认真，美祢子忍不住笑了，又露出那洁白的牙齿。

"我们一起去吧。"

两人拐过四条巷，转向一条新开辟的道路。走了约莫五六十米远，路边有一座西洋建筑。美祢子在这座建筑前停住了，从腰带间取出一本薄薄的小本子和一只印章来。

"拜托了。"她说。

"什么事？"

"用这个去取钱。"

三四郎伸手接过本子。这本子中央印有"小额活期存折"的字样，一旁写着"里见美祢子"。三四郎拿着存折和印章，凝视着女子的面孔。

"三十日元。"女子说出了金额。那口气就像吩咐一个常去银行取钱的人。幸好三四郎在乡间时，曾多次拿着这种存折到丰津去过。他立刻登上石级，推开大门，走进了银行。他把存折和印章交给办事员，接过应取的钱出来一看，美祢子没有在原地等他，已经顺着新开辟的道路走出三四十米远了。三四郎急忙追了过去，想把钱马上交给她。三四郎把手伸进了衣袋。

"丹青会的展览你看过没有？"美祢子问。

"还没有。"

"我这里有两张招待券，一直没有抽出空来，现在就去看看，好吗？"

"好的。"

"走吧，很快就要闭馆了。我要是不去看一下，真对不起原口先生呀。"

"是原口先生送你的招待券吗？"

"嗯，你认识原口先生？"

"在广田先生那里见过一次面。"

"他很有意思，对吗？他说他在学习锣鼓乐呢。"

"上回他说过想学打鼓来着，还说……"

"还说什么？"

"还说要给你画肖像什么的，真有此事吗？"

"可不，要做高等模特儿哪。"她说。

三四郎生来不愿说些讨人喜欢的话，他就此沉默了。女子倒希望听他再说下去。

三四郎又把手伸进了衣袋。他掏出银行存折和印章交给了女子。他想，钱总是夹在存折里了。

"钱呢?"她忽然问。

三四郎一看，存折里没有。他又翻了翻衣袋，从中找出用旧了的钞票来。女子没有伸手。

"请你保管吧。"她说。

三四郎略显为难，然而碰到这种场合，他是不愿意同人争执的，况且又是在大街上，更应该克制些。三四郎将好容易摸到的钞票又放回原处，心想：真是个叫人摸不透的女子啊!

街上走过去许多学生。他们从旁边擦肩而过时，总是打量一下两个人，其中也有的远远瞟着他俩。三四郎觉得到池之端的道路特别长，不过他也不想乘电车。两人缓缓地踱着步子，抵达展览会场时，已近三点钟了。展览会的招牌非常别致，"丹青会"这三个字以及周围的图案，在三四郎眼里都很新鲜。然而，这种新鲜感只是因为在熊本时未曾见过，实际上是一种特异感，会场里面更是如此。在三四郎看来，他只能分清楚哪些是油画，哪些是水彩画。

不过，三四郎也有自己的好恶，有的他甚至想买，然而他分不出优劣巧拙。三四郎知道自己缺乏鉴赏能力，因此，打从一走进会场就决心保持沉默。

美祢子每当问起"这幅画怎么样"时，他总是含糊其词。美祢子再问："这幅画挺有意思吧?"他便回答："是有点意思"，实在打不起精神。看起来，既像一个讷于言词的傻瓜，又像是对人不屑一顾的伟人。说他是傻瓜，他又不炫耀自己的可爱之处；说他是伟人，他那目中无人的态度着实可恶。

这里有许多幅画出于一对兄妹之手，他们长期在国外旅行，同一姓氏，作品也挂在一起。美祢子来到一幅画前站住了。

"这是威尼斯吧？"

三四郎也知道，这确实像威尼斯，他真想乘一乘那"刚朵拉"小船啊。三四郎读高中时曾经学过刚朵拉这个词儿，打那以后他就爱上这个词儿了。一提起刚朵拉，他感到这要同女子一起乘坐才舒心。他一声不响地望着那苍茫的水色，河两岸的高房子，水中的倒影，以及闪耀在水中的红色的光点。

"哥哥画的要好得多。"美祢子说。

三四郎不懂她这话的意思。

"你说哥哥……"

"这幅画是那位哥哥画的，不是吗？"

"谁的哥哥？"

美祢子带着奇怪的神色望着三四郎。

"喏，那一幅是妹妹画的，这一幅是哥哥画的，对吗？"

三四郎退后一步，转头向刚才经过的地方看了看。那里挂着好几幅相同的外国风景画。

"不是一样的吗？"

"你以为是同一个人画的吗？"

"嗯。"三四郎有些茫然。

两人面对面瞧了一会儿，一同笑起来。美祢子故意睁大着眼睛，显得很惊奇，并且把声音压得极低。

"真有你的。"她说罢，飞快地向前走了两步。

三四郎站着没有动，他再次看了看画面上威尼斯的河流。走到前边的女子此时回过头，她看三四郎没有瞧着自己，于是便立即停下脚步，远远地端详着三四郎的侧影。

"里见小姐！"

冷不丁儿有人大声招呼起来。

美祢子和三四郎一同转过脸，只见原口先生站在离办公室两米远的地方。他的背后站着野野宫君，身影有些被挡住了。美祢子经原口一声唤，她一眼就看见了站得更远的野野宫。她一看到他，就后退了两三步，回到三四郎身旁，不引人注意地将嘴巴凑到三四郎的耳畔，轻声嘀咕了几句。三四郎也没听见她究竟说了些什么。他正想追问时，美祢子又向那两个人走去，开始行礼致意了。

"倒找了个好伙伴呀。"野野宫对三四郎说。三四郎正欲开口，美祢子接过了话头。

"很相配吧？"

野野宫再没说啥，猝然转过身子，他的背后悬着一张巨幅画。这是一幅肖像，整个画面黑乎乎的，背景上没有一丝光线，分不清哪是衣服，哪是帽子，只有面部是白的，脸孔清癯，瘦削不堪。

"是临摹的吧？"野野宫君问原口先生。

原口正滔滔不绝地向美祢子讲述着什么。他说，这个展览会快结束了，观众也少多了，他好久没来了。开幕初期，他每天都到场，最近也不大露面了。今天因为有事，才难得来一趄，并把野野宫也拖来了，真是巧遇。这个展览一结束，就得马上为明年做准备，所以非常忙碌。本来展览会都在樱花开放时节举行，明年有些会员有事，只得提前些日子。这就等于把两次活动并在一起了，因此必须很花一番力气才成啊。他还说，在这之前他一定为美祢子画一幅肖像，即使用上大年夜也要完成，请美祢子多多包涵……

"那么，你是想挂到这里来啰？"

原口先生这时才开始瞧着这幅黑乎乎的画。这期间，野野宫君是一直出神地望着这幅画的。

"怎么样？委拉斯开兹[1]的。不过这是临摹的，而且不是很出色。"原口开始讲解起来，野野宫君觉得没有必要再开口了。

"哪一位临摹的？"

"三井，三井的水平是很高的。不过这幅画不能令人满意。"原口后退一两步，又看了看，"原作的技巧达到了炉火纯青的地步，所以很难再现出来啊！"

原口歪着脑袋，三四郎瞅着原口那歪斜的脑袋。

"都看完了吗？"画家问美祢子。这个原口只肯跟美祢子搭话。

"怎么样？不看了，一起出去吧。请到精养轩喝杯茶。我反正有点事儿，总得出去一下的。是为了办展览的事，想和主办人商量一下。他是个很诚恳的人哪。现在正是喝茶的时刻，再过一会儿，喝茶嫌迟，吃饭嫌早，不早不晚挺难办。去吧，咱们一块儿走。"

1　Diego Velázquez（1599—1660），西班牙画家。

美祢子望望三四郎，三四郎现出无所谓的表情。野野宫站在那儿，做出一副与己无关的样子。

"既然来了，看完再走吧？你说呢，小川君。"

三四郎应了一声。

"好，就这么办，里头还有一间房子，摆着深见先生的遗墨。看完那里，回家时到精养轩走一趟吧，我在那儿等着。"

"谢谢。"

"欣赏深见先生的水彩画，不能用观看普通水彩画的目光，因为整个画面都体现着他的功底。不要把注意力放在实物上，而是要体会深见先生的神韵，这样才能看出味道来。"

原口指点了一番，便同野野宫一同走了。美祢子施过礼，目送着他们的背影，两个人连头也没有回。

女子转身进入那一间屋子，三四郎跟在她后头。室内光线不足，细长的墙壁上悬着一排画。看到深见先生的遗作，发现果然如原口先生所说的一样，几乎都是水彩画。三四郎最明显的感触是，这些水彩画的颜色都很淡薄，种类很少，缺乏对比，而且画在那种纸面上，不拿到太阳光底下，颜色就无法看清楚。然而，笔墨丝毫不显得阻滞，颇有一气呵成的妙趣。颜色下面用铅笔打的轮廓依然清晰可见，风格潇洒自然。画面上的人物又细又长，简直像脱谷用的连枷，其中也有一幅威尼斯的画。

"这也是威尼斯吧？"女子凑了过来。

"嗯。"三四郎应了一声，听到威尼斯，他立刻想起一件别的事，"你刚才说了些什么？"

"刚才？"女子反问了一句。

"就在刚才我站着看威尼斯画的时候。"

女子又露出洁白的牙齿，可什么也没有说。

"要是没有什么事，我就不问了。"

"是没有什么事呀。"

三四郎的表情又有些惊讶起来。秋天的天气阴霾，已经过了四点了，屋内变得昏暗起来，观众很少。这间特设的房子内只有这一男一女两个人。女子离开画面，站到了三四郎的正对面。

"野野宫君，他，他……"

"野野宫君……"

"你明白了吗？"

美祢子的用心像狂涛决堤，猛然间涌上三四郎的心胸。

"你是在愚弄野野宫君吗？"

"为什么？"

女子完全是一副天真无邪的口气。三四郎突然没有勇气再向下说了。他默默地走了两三步，女子紧紧跟着他。

"并没有愚弄过你呀。"

三四郎又站住了。他是个高个儿男子，眼睛向下打量着美祢子。

"这样很好。"

"有什么不好呢？"

"所以我说很好嘛。"

女子转过脸去，两人一起向门口走去。跨出大门时，两人的肩膀互相碰了一下。三四郎忽然想起火车上的那个女人，觉得碰到美祢子肌肤的那块地方在隐隐作痛，就像在梦中一样。

"真的很好吗？"美祢子低声问。对面走过来两三个观众。

"先出去吧。"三四郎说。他们接过鞋穿上,出外一看,正在下雨。

"到精养轩去吗?"

美祢子没有回答。他淋着雨站在博物馆前广阔的地面上。幸好雨刚下,又不太大。女子站在雨中,环视了一下,指着对面的树林。

"到那座林子里避一避吧。"

雨稍等一会儿也许就不再下了。两人走进大杉树树荫底下。这种树不大能遮雨,两个人一动不动,身上淋着雨也还站在原地,他们都感到寒冷。

"小川君,"女子开口了。三四郎正皱着眉仰望天空,这时转眼望着女子。

"刚才的事有什么不好吗?"

"没什么。"

"不过,"她说着走过来,"我也不知为什么,就是想那么干一下,虽然我也不想对野野宫君有失礼的行为。"

女子凝神望着三四郎。三四郎从她的眸子里,发现有一种胜过言语的深情。这对双眼皮的眼睛似乎在说:"还不都是为了你吗?"

"所以说那很好呀。"三四郎重复回答了一遍。

雨越下越大,只有很小一块地方没有被雨点打湿,两人渐渐挨得紧了,肩膀偎依着肩膀。

"那笔钱你尽量用吧。"美祢子在雨声中说。

"我只需要一部分就够了。"三四郎回答。

"你全拿去用好了。"她又说。

九

在与次郎的撺掇下，三四郎终于去参加精养轩的聚会了。这天，三四郎穿上了黑绸礼服。母亲在来信中曾经对这件衣服作过详细的说明："这件料子是三轮田阿光姑娘的母亲织的，染上花纹之后，又请阿光姑娘做成了衣服。"

三四郎接到包裹时，曾经试了一下，觉得不好看，就塞到壁橱里了。与次郎看到后，说放着挺可惜的，不管怎么得拿出来穿。听他的口气，三四郎要是不穿，他就会拿去的，所以三四郎这才决定穿。一穿上身，倒不觉得难看了。

三四郎凭着这身打扮，同与次郎两个人站在精养轩门口。听与次郎说，就得这样去迎客。三四郎对这类事情一无所知，本以为自己就是客人。这样一来，穿着黑绸礼服又觉得像个普通的管家，还不如穿制服来得阔气。这时，人们陆续到了。与次郎总是抓住每一个与会者聊几句，看来，这些人似乎都是他的旧交。来宾把衣帽交给侍员，经过宽阔的楼梯口拐向幽暗的走廊。这时，与次郎就给三四郎——介绍这位是某某，三四郎因此认识了不少知名的人物。

这时，与会者大致到齐了，约莫不满三十人。广田先生也来了。野野宫君也来了。——他虽说是个物理学家，听说也很喜欢绘画和文学，原口先生硬把他给拖来了。不用说，原口先生也到会了。他是头一个来的，时而照料会场，时而应酬宾客，有时捻着那副法兰西小胡子，忙得不亦乐乎。

不久，人们入席了，各人随意而坐，没有人谦让，也没有人争抢。这时候，广田先生也不像平素那般慢腾腾的，而是第一个坐了下来。只有与次郎和三四郎两个人一起坐在门口附近，其余的人都是偶然坐到一处或相互为邻的。

野野宫君和广田先生之间，坐着一位身穿条纹礼服的评论家。他们对面的座位上是一位名叫庄司的博士，他就是与次郎所说的那个文科中颇有实力的教授。这人穿着西式礼服，仪表堂堂，头发比普通人长一倍，在电灯的照耀下，黑黑地打着鬈儿，同广田先生的和尚头相比，大不一样。原口先生坐在很远的角落处，同三四郎遥遥相对。他穿着翻领上装，系着宽宽的黑缎子领饰，下端散开着，遮住了整个胸脯。听与次郎说，法国画家都喜欢佩戴这样的领饰。三四郎一边喝肉汤，一边思忖，这同宽幅腰带的结子一模一样。这当儿，人们开始交谈起来，与次郎喝着啤酒，不像平常那般喋喋不休。今天这种场合，就连他也谨慎多了。

"哎，不来个 de te fabula 吗？"三四郎小声问。

"今天不行。"与次郎立即转过脸，同邻座的人攀谈起来。

与次郎先说了一通客套话,"拜读您的大作,实在受益匪浅"云云。三四郎记得,与次郎曾当着自己的面将这篇论文贬得一文不值,他感到与次郎这个人实在不可理解。

"这件礼服真阔气,非常合体。"与次郎又转过头来,盯着衣服上的白色的纹路说。

这时,坐在对面角落的原口先生,向野野宫发话了。野野宫生就一副大嗓门,很适合这种远距离的对话。正在对面交谈着的广田先生和庄司教授,唯恐中途妨碍他们两个的一问一答,便停了下来。其余的人也都闷声不响,会议的中心点渐渐形成了。

"野野宫君,光压实验结束了没有?"

"不,还早着哪。"

"真够麻烦的。我们的工作需要耐性,而你的工作更讲究呀。"

"绘画可以凭灵感一气呵成,搞物理实验就不那么好办了。"

"论起灵感,实在谈不上。今年夏天,我曾经打某个地方经过,听见两个老婆子谈话。原来她们在研究梅雨是否过去了。一个气愤难平地说:'以往一打雷,就算出梅了,眼下不是这样啦。'另一个也悻悻地应道:'哪里,哪里,光凭一声雷鸣怎能算是出梅呢?'——绘画也是这个道理。眼下的绘画,不能光凭灵感,对吗?田村君,小说也是一样吧?"

他旁边坐着一个姓田村的小说家。这人回答说,他的灵感无非是敦促自己快快完稿,此外什么也没有,引得人们哄堂大笑。接着,田村问野野宫君,光线有压力吗?要是有,如何测定呢？野野宫君的回答很有趣。——用云母等作材料，制作一个像十六子棋盘[1]大小的薄圆盘，用水晶丝吊起来，置于真空中，将弧光灯垂直照射盘面，则圆盘便在光的压力下转动。

在场的人都侧耳倾听，三四郎也在暗自思忖，那套装置也许就放在酱菜罐子里了吧？他想起初来东京时被望远镜吓了一跳的情景来。

"喂，水晶能做成细丝吗？"他小声问与次郎。与次郎摇摇头。

"野野宫君，水晶能做成细丝吗？"

"能的，用氢氧火枪的烈焰融化水晶粉，再用两手左右一拉，就成了细丝。"

"是吗？"三四郎说到这里打住了。坐在野野宫君身旁的那位穿条纹衣服的评论家，这时开口了。

"一谈到这方面的事，我们都全然无知。不过，开始是怎么引起人们注意的呢？"

"自麦克斯韦[2]以来，曾经在理论上作过设想。后来由一个名叫列别捷夫[3]的人，用实验的办法作了说明。近来，有人在探讨这样一个问题：彗星的尾巴本来该拖向太阳的方向，可是每当彗星出现，它的光带总是位于和太阳相反的一侧，这会不会是由于光压造成的呢？"

评论家很受感动，他说："能想到这一点太有意思了，简

---

1 原文作"十六武藏"，一种棋类，棋盘由正线和斜线相互交织，组成格子。中置一主子，周围置十六颗副子，互相逼攻，以决胜负。

2 James Clerk Maxwell（1831—1879），英国物理学家。

3 Pyotr Nikolaevich Lebedev（1866—1912），俄国物理学家。

直可以说是伟大。"

"岂止是伟大，那种天真劲儿太可爱了。"广田先生说。

"要是这种想法落空，就更显得天真了。"原口先生笑着说。

"不，这种设想似乎是对的。光压和物体半径的二次方成反比，而引力和物体半径的三次方成正比。因此，物体越小，引力越小，光压越强。假如彗星的尾巴是由非常细小的微粒组成的，那么就只能拖向同太阳相反的一方去。"

野野宫终于认起真来。

"设想虽然很天真，但计算起来倒挺麻烦，真是有利有弊啊。"这时，原口的语调一如平常。他这一句话，又使大家回到喝啤酒的热烈气氛之中了。

"看来，一个自然派[1]是不能成为物理学家的。"

"物理学家"和"自然派"这两个词儿，引起了满场与会者的兴趣。

"这是什么意思？"野野宫自己也发问了。

广田先生不得不解释一番。

"为了测试光压，光是睁大眼睛观察自然是不行的。在自然的菜谱上没有印着光压这样一种事实，不是吗？因此，就得通过人工制造出水晶丝啦、真空管啦、云母片啦等装置，以便能使物理学家去发现这种压力，因此就不是自然派了。"

"但是也不属浪漫派吧？"原口先生插了一句。

"不，是浪漫派。"广田先生一本正经地加以辩解，"将光

1　指当时风行日本文坛的自然主义文学流派，夏目漱石曾著文批评过这种流派。

线和承受光线的物体，放在普通自然界所看不到的地方，这不是浪漫派又是什么？"

"然而一旦放在这种位置上，就要观察光线固有的压力，其后就该归于自然派了吧？"野野宫君说道。

"这么说，物理学家是属浪漫的自然派了。从文学角度看，不就是易卜生笔下的人物吗？"对面的博士进行了一番比较。

"是的，易卜生的戏剧里也有和野野宫君相同的一种装置，在这种装置下活动的人物，是否也像光线那样遵从自然法则，那是大可怀疑的。"这段话出自那位身穿条纹礼服的评论家之口。

"也许是这样的。不过我认为，这种事儿应在人的研究上记上一笔。——也就是说，置于某种状态之下的人，具有朝相反方向运动的能力和权利。——然而，按照一种奇怪的习惯，人们认为：人和光线一律都是遵照机械的规律运动的，所以时常出现谬误。经过这种装置的处理，欲使之发怒的，则变得可笑；欲使之发笑的，则变得可气，结果完全相反。然而这两者都是由人造成的。"广田先生又把问题进一步扩大了。

"那么在一定情况下，一个人的所作所为都是符合自然的，对吗？"对面的小说家问道。

"对，对，不论描绘什么样的人，都得像是这个世界上的一个人。"广田先生立即回答，"我们作为实际的人，无论如何都不可能想象会干出不像人的所作所为来。不过由于手法不高明，所以显得不像一个人，不是吗？"

小说家就此缄默了。接着，博士又开了口。

"在物理学家中，伽利略曾经发现寺院的吊灯在振动的周期和幅度上完全一致。牛顿发现苹果受引力的作用而掉落下来。他们一开始都是属于自然派呀。"

"如果这也属于自然派，那么在文学方面也有的是。原口先生，绘画方面有自然派吗？"野野宫君问道。

"当然有，那个令人生畏的库尔贝[1]，提倡 La Vérité Vraie[2]，一切都讲究真实。但他并非是猖狂至极的人，他只是作为一个流派被承认了。因为不这样就会惹出麻烦来。小说恐怕也一样吧？也有莫罗[3]和夏凡纳[4]这样的人吧？"

"是有的。"旁边的小说家回答。

饭后，没有什么即席演说，只有原口先生不住地咒骂九段上的那尊铜像[5]。他认为，随便树立那样的铜像，给东京市民造成了麻烦，倒不如建造一尊艺伎的铜像更高明些。与次郎告诉三四郎，九段那尊铜像的制作者，同原口先生是死对头。

散会后，走出室外，月色很好。与次郎问三四郎："今晚，广田先生给庄司博士留下好印象了吧？"

"可能是的。"三四郎回答。

与次郎站在公共水龙头旁边说："今年夏天，夜里出来散步，因为太热，就在这里淋浴，被警官发现了，就往搨钵山[6]

1　Gustave Courbet（1819—1877），法国画家，提倡现实主义，题材多表现市民的日常生活和周围事物。主要作品有《碎石工》《奥南的葬礼》等。

2　法语，"真正的真实"。

3　Gustave Moreau（1826—1898），法国画家。当时立于画坛之外，以富有文学性的神秘和幻想的作品为主。

4　Pierre Céàle Puvis de Chavannes（1824—1898），法国画家，作品朴实、沉静，代表作有《贫穷的渔夫》等。

5　日本东京九段靖国神社内的大村益次郎铜像。

6　上野公园内天神山的俗称。

上跑。"他俩到擂钵山赏月，然后回去了。

归途中，与次郎突然就借钱一事，向三四郎申述开了。当晚，月光清雅，气候寒冷。三四郎几乎未曾想过钱的事，他也不愿听与次郎诉说下去。他想，与次郎反正不会还的。与次郎也绝对不提还账的事儿，只是罗列一些无法偿还的理由。三四郎觉得他的话十分有趣。与次郎告诉三四郎这样一件事：

与次郎过去有个朋友，因失恋而厌世，最后决心自杀。他不想跳海，不愿投河，也不敢钻火山口，更不喜欢上吊，不得已只好去买了一把手枪。当他把手枪买来尚未行动时，朋友来借钱了。他推说没有钱，那朋友恳求他务必想想办法，他只好把这支宝贝手枪借给了朋友。那人把枪典入当铺，渡过了难关。等这位朋友将手枪赎出还给他时，手枪的主人已经无心自杀了。由此看来，借债人等于救了这位朋友一命。

"竟然有这类事呀。"与次郎说。

三四郎只觉得荒唐，除此之外毫无意义。他抬起头仰望高空里的月亮，不禁放声大笑。别人即使不还钱，他也感到愉快。

"什么好笑的。"与次郎制止他。三四郎越发觉得可笑起来。

"不要笑了，好好想想吧，正因为我不还你钱，你才能从美祢子小姐那里借到呀。"

三四郎敛起笑容。

"那又怎么样？"

"光这一桩还不足够？——我说，你爱上那女子了吧？"

与次郎十分聪明。三四郎哼了一声，又望着高空的月亮，月亮一侧飘浮着白云。

"喂，你把钱还给她了吗？"

"没有。"

"你就永远欠着吧。"

他说得很轻巧。三四郎没有回答什么，但他并不打算一直拖欠下去。其实，三四郎本想把必需的二十日元付清房租以后，第二天就带上余下的钱到里见家还账，但又一想，眼下就去还，反而有损人家的好意，这是不妥帖的，所以只好牺牲这次登门拜访的机会，又回来了。当时不知怎的，一不小心竟把十日元换散了。今晚的会费也是出自其哩。剩下的只有三日元了。三四郎打算用这笔钱买一件冬天穿的内衣。

由于与次郎始终不提还账的事儿，前些日子，三四郎已拿定主意，要家里寄三十日元来，以弥补不足。本来，家里每月寄的钱足够花的，现在单单说不够而要求多寄，当然不行。三四郎又是个不会说谎的人，他为找不出适当的理由而困惑不安。没办法只得说：有个朋友丢了钱，很可怜，自己不胜同情，把钱借给他了，结果自己也变得一筹莫展，请务必多寄一些来……

如果接信后按时写回信的话，眼下该到了。他想今晚也许能收到回信。回到寓所一看，果然不出所料，桌上明明摆着母亲亲手写的信封。叫人不解的是，平常都是挂号，今天只贴了一张三分钱的邮票。打开一看，信写得特别短。母亲看来很生气，把话说完就算了。信上只是说，所需要的钱已寄给野野宫君，到那儿去取好了。三四郎理好床睡了。

第二天和第三天，三四郎都没有到野野宫君那儿去。野野宫君那边也没有传话过来。不知不觉地过去了一周。最后，野野宫君打发寓所的女仆送来一封信。信上说：受你家伯母之托，请你来一趟。三四郎利用课余休息的时间，又到理科学院的地窖中去了。他本想当场三言两语把事情办妥，谁知没有那么顺当。这年夏天在野野宫君专用的房子里，出现了两三个长着胡子的人和两三个穿制服的学生，他们全然不顾头顶上那个阳光灿烂的世界，都在全神贯注地从事研究工作。其中，野野宫君尤其显得忙碌。他看到三四郎站在屋门口，便默默地走过来。

"家里寄钱来了，叫你来取的，眼下我没有带来。此外还有一些别的事要跟你说。"

三四郎表示明白了，并问野野宫今晚是否有空。野野宫略略思索了一下，最后果断地答应了。三四郎走出地窖，他十分佩服理学家这种顽强的毅力。夏天他所看到过的酱菜罐子和望远镜，依然放置在原来的地方。

下一节课，三四郎把事情经过全部对与次郎说了。与次郎望着他，差一点骂他是傻瓜。

"我不是给你讲过，叫你只管欠着好了吗？你竟多此一举，叫年迈的母亲放心不下，又去听宗八君的一番训斥，真是愚不可及！"听与次郎的口气，好像事情本来不是由他引起的一样。在这种时候，三四郎也忘记与次郎的责任了，所以他的回答没有让与次郎感到难堪。

"我不好意思老拖欠下去，所以才给家中写信要钱的。"

"你不好意思，可对方高兴呀。"

"为什么？"

三四郎自己也感到这句"为什么"问得有些虚伪，然而对与次郎来说却没有产生任何影响。

　　"这不是很显然的事吗？要是我，我也会这样的。因为有的是钱，与其叫你早些归还，倒不如拖欠着，她心里反而舒服。大凡人嘛，在自己没有困难的情况下，总希望给别人留下个亲切的印象。"

　　三四郎没有回答，他开始做起课堂笔记来。刚写了两三行，与次郎又凑近他耳畔说：

　　"你看我，有钱的时候也常借给别人，但谁也不还我，正因为如此，我才这样愉快呀。"

　　三四郎没有说"真的？""是吗？"之类的话，他只笑笑，又唰唰地书写开了。与次郎从此安静多了，直到下课再没有开口。

　　铃声响了，两人并肩走出教室。

　　"那女子喜欢你吗？"与次郎突然发问。

　　听课的学生纷纷从他们背后走出来。三四郎只得默默无言地下了楼梯，穿过房门，走到图书馆一侧的空地上，这才回头望了望与次郎。

　　"不太清楚。"

　　与次郎朝三四郎瞧了一会儿。

　　"倒也有这样的事。不过，要是你很清楚，那不就可以做她的丈夫了吗？"

　　三四郎至今未曾想过这样的问题。他本来觉得，为美祢子所爱恋这一事实的本身，是做她的丈夫的唯一资格。眼下经这么一问，倒真的成了疑问。三四郎侧着脑袋思索着。

"论起野野宫君，他是可以的。"与次郎说。

"野野宫君和她之间，过去存在着什么关系吗？"

三四郎神情严肃，像雕塑一般。

"不知道。"与次郎一口否认，三四郎默然不响。

"好了，你到野野宫君那儿去听训斥吧。"

与次郎说完，只顾朝池塘那边走去。三四郎伫立原地，就像一块笨拙的招牌。与次郎走出五六步，又笑着转回来了。

"我看，你干脆娶了良子小姐吧。"他说罢，便拉着三四郎向池塘那边走去。他边走边连连说："这倒挺合适，这倒挺合适啊！"这当儿铃声又响了。

当晚，三四郎到野野宫君那里去。因为时候还早，他随意散着步来到四条巷，到一家大洋货店买衬衣。小伙计从里头捧出各色各样的衬衣来，他用手摸了摸，又打开来看看，终于没有买下来。三四郎无端地摆出一副趾高气扬的架势，这时忽然发现美祢子和良子结伴来买香水。三四郎连忙上前打招呼。

"上次多谢你啦。"美祢子施了礼。

三四郎很清楚这句话的意思。原来三四郎向美祢子借钱的第二天，本想再登门拜访一次，把余下的钱拿去还账，后来又犯起了犹疑，等了两天。于是三四郎便给美祢子写了一封很客气的信。

信里的话坦率地表述了一个写信人在写信时的心境，但有时难免有过分的地方。三四郎尽量堆砌了众多的词汇，表达了热烈的谢意。那股亲热劲儿，一个普通人看了不会相信这是一封因借钱而表示感谢的信。然而，除感谢之外，他什么也没有写。所以这样一味地感谢下去，就很自然地超出了感谢的范围。三四郎将此信投入信筒后，估计美祢子会及时回信的，谁知一经寄去便杳无消息。直到今天他还没有机会见到美祢子。三四郎听到"上次多谢啦"这种细声细气的回答，实在没有勇气再说些什么了。他用两手将衬衣在眼前展开来凝视着，心想，大概有良子在，她才那般冷淡的吧？他还想，买下这件衬衣也得用这女子的钱哩。店员催问他究竟要哪一种。

两个女子笑着走过来，一同帮他选购衣服。最后，良子说："就选这一件吧。"三四郎听从了。接着，她们找三四郎商量买香水的事，三四郎对此一窍不通。他拿起一个写有heliotrope[1]字样的瓶子，信口说道："这个怎么样？"美祢子马上决定："就买这个好了。"这倒使三四郎有些内疚。

走到店外就要分手的时候，两个女子互相道别。良子说："那么我走啦。"美祢子说："你快点呀……"一问才知道，良子要到哥哥的寓所去一趟。看来今天晚上，三四郎又要同这位漂亮的女子一起走向追分了。此时，太阳尚未完全落山。

三四郎和良子结伴同行倒不觉得什么，使他有些为难的是将要和良子一起在野野宫的寓所里待上些时候。不如今晚先回家去，明天再去吧。但是有良子在场，听起与次郎所说的那种训斥来，也许会好得多。因为野野宫当着别人的面，不至于把母亲托他的事全都抖搂出来，总会给自己留些面子的，说不定把钱交给自己就算完了。——三四郎肚子里打了个狡猾的主意。

"我正想到野野宫君那儿去。"

"是吗，找他玩去吗？"

1　一种原产秘鲁的多年生植物，其花可以制取香水。

"不，有点事情。你是去玩的吧？"

"不，我也有事呀。"

两个人同样地提问，得到了同样的回答。但是双方都丝毫没有表露为难的样子。为了慎重起见，三四郎问良子是否会给她添麻烦。良子说，丝毫不会添麻烦的。这女子不但用言语加以否定，而且表情上也显出惊讶的神色，似乎在说："干吗要问这等事？"借着店前的煤气灯，三四郎判定女子的黑眼珠闪射着惊奇的光芒。事实上，他只不过看到了她的又大又黑的眸子罢了。

"买了小提琴没有？"

"你怎么知道？"

三四郎不知怎样回答才好。女子毫不介意地立即说道：

"哥哥一直说给我买，给我买的，可仍然没有买成。"

三四郎暗想，不能责怪野野宫，也不能责怪广田先生，应当责怪与次郎。

两个人从追分的大道拐进一条逼仄的巷子，一走进去，发现里面有许多人家，每户人家的门灯都照耀着昏暗的小路。他们来到其中一盏门灯的下边站住了，野野宫就住在这里面。

这儿距三四郎的住处约莫有一百米远。野野宫搬来这里之后，三四郎曾来访问过两三次。沿着宽阔的回廊走到尽头，登上两段楼梯，左手有两间隔开的房子，这便是野野宫的住处。房子朝南，檐下就是另外人家广阔的庭院，白天黑夜都很幽静。当三四郎发现野野宫君蛰居在这座僻静的房子里时，觉得他抛掉原来的那个家过上寓居生活，这种做法确实不错。三四郎一来到这里，就感到是个令人钦羡的理想的住所。这时，野野宫君来到回廊上，从下面望着自己住房的屋檐说："你瞧，是草葺的呀。"可不嘛，屋顶的确没有铺瓦，真是难得。

今天是晚间来的，屋顶当然看不见，但房子里点着电灯。三四郎一看到电灯就想起草葺的屋顶来，这未免有些可笑。

"稀客碰在一道儿啦，是在门口相遇的？"野野宫问妹妹。

妹妹回答说不是的。她把事情的经过讲了一遍，并劝告哥哥也可以去买一件像三四郎那样的衬衫。她还说，上次那把小提琴是国产的，音色太差，不能用，既然拖到今天才买，干脆买一把好的，至少要和美祢子小姐的那一把差不多才行。此外，良子还缠着哥哥买这个买那个，不住地撒娇儿。野野宫君既不显得神情严厉，也不说温存的话语，只是随口应和着，听她说下去。

三四郎一直没有开口。良子尽说一些不沾边的话，而且毫无顾忌。然而她那副样子，既不能说傻气，也不能说任性。在旁听她和哥哥的一番对话，你会感到心情舒畅，就像来到阳光普照的广阔田野里一样。三四郎早把听训斥的事忘得一干二净，这时良子的话使他突然一惊。

"哎呀，我忘了，美祢子小姐有话哩。"

"是吗？"

"你一定高兴吧？不高兴吗？"

野野宫显得很难为情，于是转向三四郎。

"我妹妹太傻气。"

三四郎无可奈何地笑了。

"我不傻，是吧，小川君？"

三四郎又笑了笑，他内心里实在笑不出来。

"美祢子小姐要哥哥带她去看文艺协会[1]的演出呢。"

"她可以同里见君一起去呀。"

"里见君他说有事。"

"你也去吗？"

"当然去的。"

野野宫君没有回答去还是不去，他又望着三四郎说，今晚叫妹妹来，原有要紧的事跟她讲，而她却光是闲扯，真没办法。一打听，原来他正要给良子说婚事。不愧是学者，显得格外坦白。听说已经给家里人讲了，父母回信来都没有不同的意见。因此，有必要就此事好好听听她本人的主意。三四郎只说了声"很好"，想及早了却自己的一桩事情赶快回去。

"听说家母有事给你添麻烦啦。"三四郎说道。

"哪里，谈不上什么麻烦。"野野宫君立即打开抽屉，取出预先准备好的一包东西，交给三四郎。

"伯母放心不下，写了一封长信来。信上说，听说三四郎因为一件要紧事儿，把每月的生活费借给了朋友。不管怎样的朋友，总不能随意借人家的钱啊。再说，借了也要还才对。乡下人为人老实，这种想法是很自然的。信上还说，三四郎借钱给人家，这种借法也太大方了。一个每月都靠家里寄钱的人，怎么一次就借出去二十日元、三十日元呢？哪有这般胡闹的？——看信上的口气，似乎我也担着责任，真没办法……"

野野宫君望着三四郎，嘿嘿地笑了。三四郎倒很认真地说

1　明治三十九年（1906）由坪内逍遥、岛村抱月等人创办的日本第一个戏剧团体。大正二年（1913）解散。

了句："连累你啦。"不过，野野宫并不想责备这个年轻人，他稍稍改变了语调。

"没关系，只管放心好了。本来就没有什么，伯母以乡下人的生活水平估量钱的价值，三十日元就成了一笔不小的数目。信上还说有了三十日元，就够四口之家吃上半年的。你说，是这么回事吗？"

良子哈哈大笑起来。三四郎觉得这些蠢话确实可笑。然而，母亲所说的话也并非脱离事实编造出来的，因此他有些后悔不该那样轻率从事。

"照这么说，每月五日元，每人平均一日元二十钱五分，再除以三十天，只剩下四分钱。——在乡下这点钱也太少了呀。"野野宫算了算。

"平时吃些什么？这点钱怎么能生活呢？"良子一本正经地问道。三四郎再也顾不得后悔了，讲述了自己知道的乡间生活的种种情景，其中还提到了"寄宿神社"[1]的旧俗。三四郎一家每年向全村捐款十日元，到时候，六十户各派出一人，这六十人可以不劳动，住到村子的神社里，从早到晚大吃大喝，盛筵不散。

"这样才花十日元？"良子非常惊奇。这样一来，哪里还有什么训斥的话呢？接着闲聊了一阵子，然后，野野宫君又提起这事说：

"按照伯母的意思，叫我先把情况摸清楚，如果没有什么不正常的行为，就把钱交给你。还叫我费心把这件事向她说明

1　原文作"宫笼"，为求得神明保佑，寄身于神社过祈祷生活。

白。如今，没有把事情问清楚就把钱交给你了。——这是怎么了。你真的借钱给佐佐木了吗？"

三四郎断定，这事儿一定是美祢子泄漏给了良子，良子又告诉了野野宫君的。然而，这钱转了几圈变成了小提琴，这件事兄妹俩谁也没有觉察到，这倒叫他有些奇怪。三四郎只说了声"是的"就作罢了。

"听说佐佐木买了赛马票，他把自己的钱都破费光了吗？"

"嗯。"

良子又大声笑起来。

"那么我就好歹给伯母这样说了。不过下回再不要把钱借给别人了。"

三四郎回答说再也不出借了，他施了礼站起身来。良子也提出要回去。

"刚才那件事还没谈好呢。"哥哥提醒妹妹。

"好啦。"

"没有好啊。"

"算了，我不管。"

哥哥望望妹妹的脸，沉默不语。妹妹又接着说：

"这不是强人所难的事吗？你问我愿不愿意到一个陌生人家去，能这样问吗？喜欢也罢，讨厌也罢，根本谈不上，我还有什么可说的呢？所以我不管。"

三四郎终于弄明白了"我不管"三个字的本意。他撇下兄妹两个急匆匆地走出了大门。

三四郎穿过没有行人、只是亮着门灯的小路，来到大街上。这时，起风了。他转头向北走去，风正好打在脸上。风不时地从自己住处那个方向吹来。三四郎想，野野宫也许是冒着这风，一直把妹妹送到里见家里去的吧。

三四郎上了楼，进入自己的房间，坐下来仍然能听到风声。每当听到这种风声，三四郎就想起"命运"二字。这呼啸的风声猛烈地吹来，使他浑身颤抖。他并不认为自己是个坚强的男子。细想起来，来到东京后，自己的命运大体上为与次郎所操纵，而且在某种程度上，自己是在一团和气的气氛中被捉弄的。三四郎认为，与次郎是个颇为可爱的调皮鬼，今后的命运将依然受到这个可爱的调皮鬼的操纵。风不停地刮着，这风比与次郎显得更强大。

三四郎把母亲寄来的三十日元放在枕头下面。这三十日元也是命运受到捉弄的产物。他不知道这三十日元今后将会起什么作用。三四郎想把这笔钱还给美祢子，美祢子接过钱肯定又要刮起一阵风的。他希望这股风尽量来得猛烈些。

三四郎入睡了。他睡得很香，命运和与次郎都拿他没办法了。不久，他被钟声所惊醒。不知什么地方传来嘈杂的人声，这是第二次碰到东京失火。三四郎在睡衣外头又披上一件大褂，打开了窗户。风势小多了，对面的三层楼房矗立在风的响声中，黑漆漆的。背后的天空映衬得一片通红。

三四郎忍着寒冷，朝发红的地方眺望了一阵子。此时，三四郎头脑里的"命运"二字也被照得红通通的。三四郎又钻进温暖的被窝。于是，那许多在火红的命运中狼奔豕突的人都被他忘却了。

天明以后，三四郎仍然是个寻常的人。他穿上制服，拿起笔记本上学校去了，只是怀里的三十日元他没有忘记。然而时间很不凑巧，三点之前，课程满满的，三点一过，良子也放学回家了，而且里见恭助这位哥哥说不定也在家。他认为有别人在场，还钱的事是万万提不得的。

"昨晚听过训斥了吗？"

与次郎又向他发问了。

"哪里，谈不上什么训斥。"

"我说的嘛，野野宫君倒是个开通的人哪。"与次郎说完这些就到别处去了。第二节课以后，他们又碰面了。

"广田先生的事情看来很顺利。"与次郎说。

三四郎问他进展到什么程度了。

"你不必担心，以后慢慢给你说。先生说你很久没来了，问起过你哩。你最好常去走走，先生是个独身人啊，我们这些人必须给他安慰才行。下回可要买点东西带去。"与次郎说罢又消失了踪影。到了下一堂课，他又从什么地方出现了。

这一回，与次郎不知在想什么心事，正在上课的当儿，他突然在白纸上写着一句电报用语："钱收到否？"

三四郎打算写回条，他瞅了老师一眼，老师这时正望着他。三四郎把那白纸揉成一团扔到脚下。他一直等到下课才回答与次郎的询问。

"钱收到了，在这儿。"

"是吗？太好啦！打算还账吗？"

"当然要还。"

"那好，早些还清吧。"

"我想今天就还。"

"嗯，过午稍迟些去，也许会见得到她。"

"她要到什么地方去吗?"

"是的,她每天都去为那幅肖像画当模特儿,估计大概差不多画成了。"

"是在原口先生家里吗?"

"嗯。"

三四郎向与次郎问清了原口先生的住址。

十

得知广田先生生病，三四郎赶来探问。一走进大门，看到房前放着一双鞋。他想可能是医生来了。三四郎像寻常一样绕到后门，没有碰到一个人。三四郎悄悄地来到茶室，听到客厅里有人谈话。三四郎伫立了片刻，他手里提着一只很大的包裹，里头装满去过涩的柿子。因为与次郎上次曾关照过他："下回买点东西带来。"三四郎便在追分的街上买了这些。这时，客厅里忽然一阵骚动，像是有人扭打起来。三四郎想肯定是有人打架。他拎着包裹，将格子门拉开一尺来宽，向里头窥视。果然，广田先生被一个身穿褐色外褂的壮汉按在地上。先生从铺席上稍稍扬起脸来，一眼瞥见了三四郎，微微笑着说：

"哦，你来啦！"

上面的汉子回头看了看，说："先生，失礼啦，请起来吧。"

那汉子似乎把广田先生的双手反剪于身后，用膝头压在他的肘关节上。先生在底下回答，这样确实爬不起来。上面的汉子松了手，站起身，整整外褂的衣褶，重新坐了下来。一看，是个气度非凡的男子。广田先生也立即爬起来了。

"果然不假。"他说。

"使用这一招，对方要是强行反抗，就有折断手臂的可能，那是很危险的。"

三四郎听了两人的谈话，这才明白他们在干些什么。

"听说您病了，现在好些了吗？"

"嗯，已经好了。"

三四郎打开包裹，把包里的东西摊在他们两个人之间。

"买了些柿子。"

广田先生到书斋拿来一把小刀。三四郎从厨房拿来一把菜刀，三个人吃起柿子来。先生一边吃，一边同那个陌生人不住地谈论着地方中学的事：生活艰难，人事纷争，不能长期待在一个地方；上课之外还要兼任柔道师；一位教师买了木屐板子，木屐带旧了再换新的，一直穿到无法再穿才罢休；这回既然辞了职，就不容易再找到工作了，不得已只得把妻子送回乡下去。——他们一直聊个没完。

三四郎一边吐着柿子核，一边打量着那人的脸，心中很不是滋味。眼下的自己和这个汉子相比较，简直不像同一个人种。这汉子言谈之中，反复提起"真想再过一次学生生活"，"再没有比学生生活更快乐无比的了"。三四郎每每听到这些话，就朦胧地意识到，自己的寿命也许只有两三年了。他心事重重，就像同与次郎一块儿吃面条时的情绪一样。

广田先生又起身到书斋去了。回来时，手中拿着一本书，封面是红黑色的，书的边口被灰尘弄脏了。

"这就是上次提及的 *Hydriotaphia*（《壶葬论》）[1]，无聊时就翻阅一下吧。"

三四郎致谢后收下了这本书，书上的一句话映进他的眼里：

"将寂寥的罂粟花频频撒落，在对人的纪念上，不必询问是否值得永世不灭。"

先生安然地同那位柔道师交谈着：

听听中学教师的情况，大家都深为同情，然而真正感到可怜的是他们自己。为什么这样说呢？因为现代的人都尊重事实，但同时又有一个习惯，容易把伴随事实而来的情操抛弃。世态紧迫，人们不能不将此抛弃，这是无可奈何的事。看看报纸就不难找到这类证据。报纸上的社会新闻栏，十条有九条是悲剧，但是我们无暇将这些悲剧当作真正的悲剧加以品味，仅仅作为事实报道谈谈罢了。我在自己订的报纸上，看到"死者十多人"这条标题，下面用六号铅字一行一行地记载着当天非正常死亡的人员的年龄、户籍、死因，极为简洁、明了。还有一个"小偷预报"栏，什么样的小偷进入了哪个地区，把小偷都集中在一起，叫人一目了然，真是方便至极。一切事物都必须这样看。辞职也是如此。要知道，对于当事人来说也许是悲剧，但对他人来说，并没有多少痛切的感受。应该以这样的观点立身处世。

---

1 英国医生兼著作家托马斯·布朗（Sir Thomas Browne，1605—1682）所著。作品以古代骨壶的发掘为线索，设想了种种尸体处理的方法，文体庄重优美。

"不过，如能像先生这般悠闲自适，倒是可以痛快地感受一些的。"那位柔道师认真地说。这时，广田先生和三四郎，以及说这话的汉子都一同笑了。三四郎看到那人久久不肯回去，便借了书从后门走出去了。

"在不朽的墓穴里长眠，在流传的事迹里永生，凭借不衰的英名为世人所景仰。或则任其沧桑之变化，力图存于后世。——此乃昔人之愿望。此种愿望实现之时，人即在天国里了。但是，以真正的信仰之教法视之，此种愿望和此种满足皆虚无缥缈，形同乌有。所谓生，意思在于重归于我，所谓重归于我，既不属愿，也不属望。呈现于虔诚信徒眼中的极明白的事实是：躺在圣英诺森[1]的墓地，和躺在埃及的沙漠中一样。观常存之自身而喜悦，则六尺之狭亦无异于哈德良之皇陵[2]。应当觉悟：能成者则自然成矣。"

这是《壶葬论》的最后一节。三四郎一边向白山方面漫步，一边阅读了这一段话。据广田先生说，这本书的作者是有名的大作家，而这本著作又是这位名作家的名篇。广田先生说这段话的时候，笑着声明道："这可不是我的观点呀。"确实，对三四郎来说，他也不明白这文章好在哪里。他只觉得句读混乱，措辞别扭，语言晦涩，叫人读了简直像参观古寺一样摸不着头脑。如果用路程来衡量，光是读这一段就走了三四百米远，而且还没有读懂。

---

1 罗马教皇 Innocent 三世，他曾为强化教皇权力，收复失地做过努力，并派遣第四次十字军，建立了拉丁国。

2 罗马皇帝 Publius Aelius Hadrianus（76—138）的皇陵，是罗马古代建筑的代表之一。

三四郎所得到的只是漠然的寂寥之感，仿佛奈良大佛寺的钟声，余音袅袅，微微震响着身在东京的自己的耳鼓一样。三四郎与其说从这一节文字获得了一些道理，不如说他对伴随这种道理产生的情绪更感兴趣。三四郎从来没有认真考虑过生死问题。要是考虑起来，那一腔青春的热血仿佛太旺盛了。跟前的大火势若燃眉，这就是他真实的感受。三四郎接着便向曙町的原口家走去。

　　为孩子送葬的人走过来了，只有两个身穿礼服的男子。小小的棺材用洁白的布包裹着，旁边系着漂亮的风车。风车不停地旋转，翼翅涂着五彩，旋转时看起来都成了一种颜色。洁白的棺材不时地摇晃着那个漂亮的风车，打三四郎身边走过去了。三四郎想，这真是个美丽的葬仪。

　　三四郎以旁观者的身份阅读别人的文章，看待别人的葬仪。如果有人提醒他："你也以旁观者的身份看待美祢子吧。"他定会大吃一惊。三四郎的一双眼睛是无法站在旁观的立场看待美祢子的。首先，他简直没有意识到什么是旁观，什么不是旁观。仅从事实上看，对他人之死，他体会到一种美好的安宁之感；同时，对于活着的美祢子，他从甘美的享受中又尝到了一种苦闷。三四郎想摆脱苦闷勇往直前。他想，只要能够前进，苦闷就会消除。他做梦也没有打算为排遣苦闷而向旁边退却一步。三四郎从未有过这样的想法，如今，他远远地眺望着"寂灭之会"的文字，从三尺之外感受着夭折的哀怜。而且，他欣快地眺望着可悲的场面，并产生了一种美感。

　　拐进曙町，看到一棵大松树。原口告诉三四郎，只管奔松树来就能找到。谁知走到松树下一看，是另外的人家。向对面望去，又有一棵松树，那棵松树的前面还有松树。松树很多。三四郎穿过一棵棵松树向左一转，花墙中出现了漂亮的大门。上面果然嵌着"原口"的名牌。这是一块纹理清晰的黑色木板，名字是用绿色的油漆写的，字很讲究，既像字又像花纹，从大门口到房前空荡荡的，什么也没有。左右都是草坪。

门前摆着美祢子的木屐，左右两根木屐带的颜色不同，一下子就能辨认出来。一个年轻的女仆走来说，现在正有事儿，如果愿意就请进。三四郎随着她走进画室。这是一间宽敞的房子，南北狭长，地板上杂乱得很，像个画家的住处。屋门口铺着地毯，这地毯和宽阔的屋子比起来，实在不相称。这哪里像铺在地面上，就像一块颜色鲜艳、花纹美丽的编织物，随意丢在那里一般。对面远远地摆着一张大虎皮，看不出是为了就座而设置的，而且拖着一根长长的虎尾，用绒毯斜斜地对着，很不相称。还有一只用砂土烧结的大瓮，里面插着两支箭矢，鼠灰色的箭羽之间嵌着金箔，闪闪发光。近旁还有一副铠甲。三四郎想，这也许就是那种"彩锦铠甲"了。对面角落射过来耀眼的光亮，那是一件紫色绲边的窄袖和服，上面用金丝绣着花纹，两袖之间穿着一根帷幕用的细绳，像晾晒衣服似的。袖子圆而且短，三四郎发现这或许就是那种"元禄袖"[1]吧。此外还有许多画，光是墙上挂着的就有大大小小好多种。尚未装框的画稿堆放在一起，一端卷了起来，露出参差不齐的边角。

那幅正在描画的人物肖像，杂在这些令人眼花缭乱的颜色之中。被画着的人站在正对面，用一把团扇遮住了自己。画画

1　和服袖型的一种，短而圆，多为少女所穿用。

的人倏地转过圆滚滚的腰肢，手捧着调色板，望着三四郎。他嘴里衔着大烟斗。

"你来啦。"他说着，从嘴里取出烟斗放在小圆桌上。那上面有火柴和烟灰缸，桌边摆着椅子。

"请坐，——那儿。"他说罢，望着尚未完成的画稿。这幅画足有六尺长。

"果然够大的。"三四郎只说了一句。原口先生似乎没有把三四郎的话放在心上。

"嗯，很大。"原口自言自语地说。他又开始向人物的头发和背景上涂抹开了。三四郎这时才向美祢子望了望，她那一口洁白的牙齿在团扇下面微微闪着光亮。

其后的三分钟，显得十分宁静。房里生着火炉，很暖和。今天，外面也不算太冷，风完全停息了，枯树悄无声息地立在冬天的阳光下。三四郎被领进画室时，如同走进雾霭里一样。他把胳膊支撑在圆桌上，使那无所顾忌的精神沉溺在胜似夜晚的宁静的境地中。在这样的境地里有美祢子在，美祢子的影像逐渐浮现出来了。肥胖的画家只顾挥动着画笔，这也只是眼睛感觉着动，耳朵里却是沉静的。肥胖的画家有时也在走动，但听不到脚步声。

沉浸在宁静中的美祢子一动不动。她用团扇遮面、亭亭而立的姿影已经被摄入了画面。在三四郎看来，原口先生不是在画美祢子，而是在具有纵深感的画面上，专心致志地屏除景深，使美祢子重现在普通的画面上。但尽管如此，第二个美祢子于宁静之中逐渐接近第一个美祢子。三四郎感到，在这两个美祢子之间似乎包蕴着不触发钟表走动、宁静而又漫长的时间。时间在悄悄地流逝着，连画家本人也未觉察。随着时间的流逝，第二个美祢子渐次追上来了。再过些时候，两者眼看就要融为一体了。这当儿，时间的流逝又突然改换方向，遂注入"永久"之中。原口先生的画笔从此不再前进，三四郎的目光本来一直跟随着，这时也有所觉察。三四郎瞥了美祢子一眼，美祢子依然木然不动。三四郎的头脑于静谧的气氛中不觉又转动起来，他如醉如痴。这时，原口突然笑了。

"看样子又受不住了吧？"

女子一言未发，她立即放松了姿势，像散了架似的倒在安乐椅上。这时，那口白牙又露出光亮。她摆动了一下衣袖，趁此机会看看三四郎。她的眼光像流星一般掠过三四郎的眉间。

"怎么样？"

原口先生来到圆桌旁，一边对三四郎说话，一边擦着火柴点上刚才那只烟斗，重新衔在嘴里。他用手指夹着硕大的烟锅，从胡须中间吐出两口浓烟来。不一会儿，又转过胖乎乎的身子向画稿走去，随手信笔涂抹起来。

这幅画当然还没有完稿，不过各处一遍又一遍地涂满了颜料，在三四郎这个外行的眼里，已经相当气派了。不用说他是分不出好坏的，三四郎无法对技巧加以评论，但是技巧带来的感触是可以体味到的。正因为缺乏这方面的经验，所以这种感触似乎有失正鹄。三四郎已证明自己不是一个对艺术的影响无动于衷的人，而是一个风流人物。

三四郎一看，这幅画浑然一体，整个画面喷上了粉末，仿佛置于不很强烈的日光下面一般。有暗影的地方也不发黑，倒反而放射出淡紫的光亮。三四郎望着这幅画，不由得感到一阵快活。那种轻飘飘的心情犹如乘在猪牙船[1]上。不过，心中倒是沉静的，也不觉得危险。当然也没有什么痛苦、难堪和恐惧的地方。三四郎认为这画很能体现原口先生的风格。原口先生随便挥动着画笔，这样说道：

"小川君，告诉你一件有趣的事，我有一个老相识，他不喜欢自己的妻子，提出了离婚的要求。可是妻子不答应，她说：'我是有缘才嫁到这户人家来的，即使你讨厌我，我也决不离开。'"

说到这里，原口先生稍稍离开画面，端详着画笔下的效果，又转向美祢子说话了。

"里见小姐，你没有穿单衣，所以衣服很难画好。我可是随意运笔，看来有些太大胆了。"

"真对不起。"美祢子说。

原口先生没有回答什么，又靠近了画面。

"后来，妻子就是不愿意离婚，于是我的那位朋友对妻子说：'你不想走就不走吧，一直待在家里好了，我走了。'——里见小姐，请再站起来一下，团扇可以不管它，只要站一站就行。好，谢谢。——妻子说：'我留在家中而你出走，往后还是难办呀。'朋友回答：'没关系，你可以随便找个丈夫嘛！'"

"后来怎么样了呢？"三四郎问。

原口也许认为这是无须多言的，于是继续向下说。

"倒也没有怎么样，所以嘛，结婚要慎重考虑，离合聚散，完全没有自由。请看广田先生，请看野野宫君，请看里见恭助

---

1 江户时代制作的轻快游船，又名山谷舟。

君，再请看看我，都没有结婚。女人的地位提高以后，这种独身的人越来越多了。因此，提高女子的社会地位，应以不出现独身的男子为限度，这是社会的一条原则。"

"不过，我哥哥最近就要结婚的呀。"

"哎呀，是吗？那么你怎么办呢？"

"不知道。"

三四郎望着美祢子，美祢子也望着三四郎笑了。只有原口先生面对着画，嘴里叨咕着："不知道，不知道，那么……"他又挥动了画笔。

三四郎利用这个机会，离开圆桌，走近美祢子的身旁。美祢子把没有油脂气息的脑袋随意地靠在椅背上，那姿势就像一个疲倦的人尽量放松浑身的筋骨一样。她的颈项从内衣领子里裸露出来。椅子上搭着脱下的外褂，从她那向前隆起的发髻上可以看到那件衣服漂亮的里子。

三四郎怀里装着三十日元，这三十日元代表着他俩之间一种难以晓喻的关系。——三四郎坚信这一点。他想还而终于没有还，正是出于这种原因。一旦还清，两人会因为结束这层关系而疏远呢，还是进一步亲近起来呢？——在普通人眼里，三四郎的头脑多少带有迷信的成分。

"里见小姐。"三四郎说。

"什么？"美祢子仰起脸，打量着三四郎，神情和刚才一样沉静，只有眼珠倏忽闪动了一下。她的视线一直安详地凝视着三四郎的面孔。三四郎想，她一定有些累了。

"正好找到了机会，就在这里把钱还你吧！"三四郎边说边解开纽扣，把手伸到怀中。

"什么?"女子重复了一遍,依然是一副不带刺激的语调。

三四郎把手伸到怀里,心想怎么办才好呢?过了一会儿,他才痛下决心。

"这钱还你吧。"

"你现在给我,叫我怎么办?"

女子依旧仰头望着他,既不伸手,也不动弹,神情仍然那般安详。三四郎很难理解她是什么意思。

"再坚持一会儿,行吗?"这时,身后有人说话了,一看,原口先生正面对他们站着,指间夹着画笔,捻着剃成三角形的胡须,不住地笑。美祢子双手搭在椅子上,坐了下来,挺直了头和腰。

"要花很长时间吗?"三四郎小声问。

"还得一个小时光景。"美祢子也小声回答。

三四郎又回到圆桌旁边。女子已经摆开了姿态,任人描画。原口先生又点上烟斗,挥动了画笔。

"小川君,你看里见小姐的眼睛。"原口先生转过身来说道。

三四郎听从了。美祢子突然从额上放下团扇来,打乱了自己娴静的姿态。她转过头,透过玻璃窗眺望着庭院。

"不行,不能转过脸去,我刚刚画了一点儿。"

"干吗说那么多废话?"女子重新转过头来。

"我不是嘲笑你,我有话给小川君讲呀。"

"讲什么?"

"我这就说,哎,请你摆正姿势。对,胳膊再朝前伸一伸。我说小川君,我所画的眼睛是否能传达出她的神情来呢?"

"我可不懂呀。不过，每时每日地这般画下去，难道实际人物的眼神是一成不变的吗?"

"还是要变的，不光本人要变，画家的心情每天也在变化。说真的，肖像画要画上好多幅才成，这样受不了。有时候只画一幅也能惟妙惟肖，真不可思议。你要问为什么，请看……"

原口先生一直没有停笔，还要不时地朝美祢子那边张望。三四郎眼看到原口先生的各种器官能够同时运动，实在有些敬畏。

"这样每天画下去，数量越积越多，过了一段时间，所画的画就会出现一定的情趣。即使从外面带着另一种情趣归来，只要一进入画室，面对着画稿，就会马上被一种固有的情趣所左右。就是说，画面上的情趣转换到人的身上了。里见小姐也是一样。假如听其自然，各种各样的刺激会使她产生各种各样的表情，然而这些并不能给画面带来重大影响。因为这样的姿势，这种杂乱无章的鼓、铠甲、虎皮等周围环境里的东西，自然地会使人产生一种特定的表情。这种习惯逐渐强化，将会压倒其他的表情。所以，一般地说，能把这副眼神如实描绘出来就行了。再说，论及表情……"

原口先生突然闷声不响了，看来画笔遇到了困难的地方。他退后两三步，把美祢子和画稿对照着看了看。

"里见小姐，有什么地方不舒服吗?"他问。

"没有。"

这回答不像是从美祢子口中说出来的。美祢子是那般安详，她仍然保持着原来的姿势。

"再说，论及表情，"原口接下去说，"画家并不描绘心灵，而是描画心灵的外在表现。只要毫无遗漏地洞察这种表现，内心的活动也就一目了然了。你说，道理不是如此吗？至于那些没有外在表现的心灵，则不属于画家的职责范围，也就只好割爱了。因此，我们只描绘肉体。不论描绘什么样的肉体，如果不寄予灵魂，那只能是行尸走肉，作为画是通不过的。你看，这位里见小姐的眼睛，也是一样。我作这幅画，并不打算描画里见小姐的心灵，我只想画出这双眼睛来，因为它使我感到满足。这双眼睛的模样，双眼皮的影像，眸子的深沉程度……我要把我所看到的一切毫无保留地画出来。于是一种表情便不期而然地产生了。要是没有产生这样的表情，那就说明不是我的颜色没调好，就是外形出现了偏差，二者必居其一。如今，这颜色，这外形的本身形成了一种表情，所以只好由它去了。”

原口先生又退后两步，把美祢子和画稿两相比较了一下。

“看样子，你今天有些不自在，想必累了。要是太疲乏，就到此为止。你累了吧？”

“不累。”

原口先生又走向画稿。

“那么，我为什么要选择里见小姐的眼睛呢？好，我现在就说给你听听。比如西洋画面上女子的脸孔，不论谁画的美人，都是一双很大的眼睛，一双有点叫人感到奇怪的大眼睛。然而在日本，从观音菩萨到世间丑女，以及“能乐”的假面具，最典型的是浮世绘上的美人，都是细小的眼睛，与大象相似。为什么东西方的审美标准如此迥然不同呢？真是有点不可理解。其实，并不奇怪。西洋人全都长着一双大眼睛，因此就以大眼睛作为衡量美的标准；日本人都属鲸鱼类。——一个叫作皮埃尔·洛蒂[1]的人，曾嘲笑过日本人。他说：'日本人的眼睛怎么睁得开呢？'——你瞧，在这样的国度里，对大眼睛的审美观是无论怎样都发展不起来的。因此，在具有选择自由的细小眼睛范围内，理想产生了，出现了歌麿，出现了祐信[2]，并且受到珍视。然而，这种颇为典型的日本式细小眼睛，如果照样搬到西洋画里，那就如同瞎子一般，绝对不行。拉斐尔[3]笔下的圣母像那双眼睛是绝无仅有的，即使有，也不可能是日本人。因此，我就决定请里见小姐帮忙了。里见小姐，一会儿就好了。"

没有回声，美祢子凝神不动。

三四郎对这位画家的谈吐甚感兴趣，他想，要是专门来听他这番议论也许更能增添几分兴趣。眼下三四郎的注意力既不在原口先生的言谈上，也不在原口先生的画稿上，不用说，全集中在对面的美祢子身上了。三四郎耳听画家的谈话，眼睛没有离开美祢子。映入他眼里的美祢子的姿影，像是从运动着的过程中捕捉到最美的一刹那，再使其固定下来一样，不变之中存在永恒的慰藉。原口先生突然歪着脑袋，询问女子是否感觉良好。这时，三四郎有些害怕起来。因为他听到画家警告说："将活动着的美加以定型化的手段已经没有了。"

三四郎认为画家的话很有道理。他看到美祢子是有些反常，脸上的气色不好，眼角间流露出难以忍受的倦意。于是，

1　Pierre Loti（1850—1923），法国小说家，1885 年以海军军官的身份访日，1887 年以访日为题材，写了小说《菊子夫人》。

2　宽文十一年至宝历元年（1671—1751）的浮世绘画家，原姓西川。

3　Raffaello Sanzio（1483—1520），意大利文艺复兴时期代表画家。

三四郎失去了从这个活人画[1]中获得的慰藉。同时他又意识到，这种变化的原因是否出在自己身上呢？刹那间，一种强烈的个性刺激袭上三四郎的心头。那种一般的对活动的美产生的茫然情绪，消失得无影无踪了。——自己对于这个女子竟然具有如此重大的影响。——三四郎凭着这种自觉的意识想象着自己的一切。但是，这种影响对自己究竟有利无利，他还不敢断定。

这时，原口先生终于放下了画笔。

"就到这里吧，今天看来反正是不行啦。"他说。

美祢子站着，把手里的团扇扔到地上。她从椅背上拿起外褂，一面穿一面向这边走来。

"今天够累的呀。"

"我吗？"她将外褂弄齐整，扣上纽扣。

"哦，我也实在累了，等明天精神好的时候再画吧。来，喝点茶，再待一会儿。"

离天黑还有一些时间，然而美祢子说有别的事要回去。三四郎也被挽留了一阵子，他特地谢绝了，便同美祢子一起走出大门。在日本社会里，要想随意创造这样的良机，对三四郎来说是困难的。三四郎试图将这种机会尽量延长下去并加以利用。他邀请这位女子到行人稀少、环境优雅的曙町去逛逛，然而对方却意外地拒绝了。于是，他俩穿过花墙，一直来到大街上，两人并肩而行。

"原口先生也那么说了——你真的不舒服吗？"他问。

"我吗？"美祢子重复了一句，同回答原口先生一样。三四

---

1 法语 tableau vivant 的译语。演员装扮成历史上的名人，立于简单的背景之前一动不动，一般作为集会时的余兴表演。

郎自从结识美祢子以后，她从未说过一句长话，一般的应答只不过一两句就算完了，而且非常简短。但在三四郎看来，却有一种深沉的反响，特殊的音色，这是从别人那里所感受不到的。三四郎对这一点非常敬佩，又觉得不可思议。

"我吗？"当她说这话时，把半个脸庞转向三四郎，并且用那双眼皮下的眼睛望着这个男子。眼圈儿看来有些发暗，有一种平常所没有的生涩感，双颊略显苍白。

"你的脸色似乎不太好。"

"是吗？"

两个人闷声不响地走了五六步，三四郎千方百计地想把遮挡在他们之间的薄幕撕开来。然而他又丝毫不知说些什么话才能冲开这层障碍。他不愿意使用小说里那套甜言蜜语，无论从自己的兴趣，还是从一般青年男女交际的习惯，他都不愿意那样做。三四郎期待一种事实上不可能的事，不光是期望，而是一边走一边思考着行动的方法。

不久，美祢子开口了。

"你今天找原口先生有什么事吧？"

"不，没有什么事。"

"那么说是特地来玩的？"

"不，也不是来玩的。"

"那是干什么来了？"

三四郎抓住这个时机。

"我是来看你的。"

三四郎打算趁此机会把所有的话都讲出来。然而，女子毫无激动的反应，而且依旧用那足以使男子陶醉的语气说话。

"在那里是不好收下那笔钱的。"她说。

三四郎神情颓唐。

两人又默默地走了十来米远。

"其实我并不是特来还你钱的。"三四郎突然开口了。

美祢子暂时没有理他。过了一会儿，才沉静地说：

"钱我也不要了，你拿着吧。"

三四郎再也耐不住了，急忙说："我来只是想见见你呀。"说罢，从旁窥探着女子的面孔。

女子没有望三四郎一眼。此时，三四郎的耳畔响起了她那轻微的叹息声。

"那钱……"

"钱嘛……"

两人的话都不明不白地中断了。就这样，又走了四五十米光景，这回女子先发话了。

"你看了原口先生的画，有些什么想法？"

回答可以是各种各样的，三四郎却一声不吭地走了一程。

"画得那样迅速，你不感到惊奇吗？"她问。

"是的。"三四郎应道。

实际上，三四郎刚刚意识到这一点。他记得，原口先生到广田先生那里，表示他想绘一幅美祢子的肖像画，到现在只有一个来月。后来，原口先生才在展览会上直接向美祢子提出这件事。三四郎对绘画一无所知，那样的巨幅画需要多少时间，他简直无法想象。如今，经美祢子一提醒，看来确实画得太快了。

"什么时候开始的？"

"正式着手画是最近的事。不过，他从前就零星地给我画过一些。"

"你说从前，究竟是什么时候呢？"

"看看那副打扮就知道了。"

三四郎猛然想起第一次在池边见到美祢子的那个炎夏来。

"记得吧，当时你不是蹲在椎树下的吗？"

"你拿着团扇站立在高处。"

"同那画面一样的吧？"

"嗯，一样的。"

两人互相望着，再向前走不远就是白山的斜坡。

对面跑过来一辆人力车，车上坐着头戴一顶黑帽、架着一副金丝眼镜的男子。远远望去，那人红光满面，气色很好。打从这辆人力车进入三四郎的视野之后，车子上的年轻绅士就一直盯着美祢子。车子走到他们前头五六米远，突然停下了。车上的人很麻利地撩开裙裤，从脚踏上跳下来。这是一个脸孔白净的瘦高个子。他一表人才，胡子剃得干干净净，很富有男子的魅力。

"一直在等你，看看时间太晚，就来迎你啦。"那人站在美祢子面前，眼睛向下看着，笑了笑。

"是啊，谢谢。"美祢子也笑了，回头望着那人的脸，接着又急忙把眼睛转向三四郎。

"这是谁？"

"大学里的小川君。"美祢子回答。

那男子轻轻地摘下帽子，从对面向三四郎致意。

"快走吧，你哥哥也在等你哩。"

三四郎正好站在拐向追分的横街口上，钱终于没还就同她分手了。

十一

　　最近，与次郎在学校里兜售文艺协会的戏票。他花了两三天的时间，大凡熟悉的人都叫他们买了。与次郎决定再向不认识的人做工作。他一般在走廊上物色对象，一旦抓住就缠着不放，务必叫人家买上一张，有时候，正在交涉之中，上课铃响了，只好让人逃脱。与次郎把这种情况称为"时不利"。有时候，对方只是笑，叫人不知如何是好，与次郎称这种现象为"人不利"。有一次，与次郎缠住一位刚从厕所出来的教授，这位教授一边用手帕擦手，一边说："我有点事儿。"随后急匆匆地赶往图书馆，他一进去就不出来了。与次郎对这种情况不知称什么为好，他目送着教授的背影，告诉三四郎："他一定患了肠炎。"

　　三四郎问与次郎："售票单位托你卖多少票？"与次郎回答说："能卖多少就卖多少。"三四郎问："卖得太多，会不会出现剧场容纳不下的危险呢？"与次郎说："也许有一点。"三四郎进一步问："那么票卖完之后，不就麻烦了吗？"与次郎说："不，没关系，其中有的人是出于道义买的，有的人有事不能来，还有的少数人患肠炎。"他说罢，显出一副无所谓的样子。

三四郎看与次郎兜售戏票，凡是交现款的人都当场收下来。不过，对那些不付钱的学生，也给他们票。这在器量小的三四郎看来，不禁有些担心，凑上去问："以后他们会交钱吗？"与次郎回答："当然不会。"他还说："与其一张张地收现钱，不如成批处理掉算了，这在整体上是有利的。"与次郎还以此同泰晤士报社在日本销售百科全书的方法作比较。这种比较听起来很堂皇，可三四郎总有些放心不下，因此，他提醒与次郎还是小心一些的好。与次郎的回答也颇有意思。

"对方是东京帝国大学的学生呀。"

"即便是大学生，像你那样借了钱若无其事的人多得很呢。"

"哪里，如果是一片好心，即使不付钱，文艺协会方面也不会有什么意见的。好在戏票都卖光了，归根到底无非是欠了协会的一笔债，这是很明白的。"

三四郎紧跟着追问："这是你的意见还是协会的意见？"与次郎说："当然是我的意见，若是协会的意见就好办了。"

听了与次郎的话，三四郎想，不去看看这次演出，简直太傻了。与次郎一直向他宣传，致使他才有这样的想法。与次郎这样做是为了兜售戏票，还是迷信这次演出？或者说是为了鼓励自己也鼓励对方，随之也就为这场演出捧场，使社会上的气氛搞得更热闹一些呢？与次郎对这些没有明晰阐述。因此，尽管三四郎觉得这次演出很值得一看，但也没有受到与次郎多大的感化。

与次郎首先谈起协会会员刻苦排练的事。听他说，多数会员经过排练之后，当天再不能干别的事了。接着又谈到舞台背景。那背景很大，据说把东京有为的青年画家全部请来，让他们尽情发挥各人的才能画成的。接着又谈到了服装，这服装从头到脚都是根据古代的样式制作的。后来又谈到了剧本，这些都是新作，很有趣。他还提到其他一些东西。

与次郎说，他已经给广田先生和原口先生送去了请帖，并让野野宫兄妹和里见兄妹买了头等座位的戏票，一切都很顺利。三四郎看在与次郎面上，祝福此次演出成功。

就在三四郎为演出祝福的这天晚上，与次郎来到三四郎的寓所。和白天相比，与次郎完全变了。他蜷缩着身子坐在火盆边一直喊冷。从他的神情来看，似乎不单是因为冷。起先，他伸手在火盆上烤火，过一会儿又把手缩进怀中。三四郎为了使与次郎的脸孔显得更清晰，随即把桌上的油灯从那头挪到这头。然而，与次郎却颓丧地耷拉着脑袋，只把黑乎乎的硕大的和尚头冲着灯光，一直打不起精神。三四郎问他怎么了，他抬起头来望望油灯。

"这房子还没装电灯吗？"与次郎的提问完全同他的脸色无关。

"没有，听说不久就要装，油灯太暗，不顶事。"三四郎回答。

"喂，小川君，出了大事啦。"与次郎早把电灯的事忘掉了。

三四郎询问缘由，与次郎从怀里掏出揉皱的报纸来，一共两张，叠在了一起。与次郎揭开一张，重新叠好，递过来说："你看看这个。"他用指头指示着所要读的地方。三四郎的眼睛凑近油灯，标题写着："大学的纯文科。"

　　大学的外国文学课一直由西洋人担任，当局把全部授课任务一概委托给外国教师。但迫于时势的进步和多数学生的希望，这次终于承认本国教师所讲的课程也属必修科目，因此，目前正在一直物色适当的人选。据说已经决定某氏，近期即将公布。某氏为前不久奉命留学海外的才子，担此重任最为合适。

　　"这不是广田先生呀。"三四郎回头望望与次郎。与次郎依然睐着那张报纸。
　　"这是真的吗？"三四郎又问。
　　"好像是真的。"与次郎歪着脑袋说，"我本以为大致差不多了，谁知又砸了锅。听说这人进行了种种的活动。"
　　"不过光凭这篇文章不还是谣传吗？到了公布之日才能弄个明白。"
　　"不，如果只是这篇文章当然无碍的，因为同先生没有关系。不过……"与次郎说着把剩下的那张报纸重新折叠了一下，用手指着标题，递到三四郎的眼前。
　　这张报纸大致登着相同的报道。光是这些，尚未给三四郎留下什么特别的印象。不过读到后来，三四郎吃惊了。文中把广田先生写成一个极不道德的人。

当了十年的国语教师，本是个世上不为人知的庸才，一旦听到大学里要聘请本国教师讲授外国文学，立即开始幕后活动，在学生中散布吹捧自己的文章。不仅如此，还指使其门生在小杂志上撰写题为《伟大的黑暗》的论文。这篇文章是以零余子的化名发表的。现已查明，实出于小川三四郎的手笔，此人是时常出入广田家的文科大学生。

三四郎的名字到底出来了。

三四郎惊奇地望着与次郎。与次郎从刚才起就一直盯着三四郎的脸，两人相对沉默了好久。

"真糟糕！"不久，三四郎说道。他有些怨恨与次郎，而与次郎却显得不大在乎。

"哎，你对此怎么看？"

"怎么看？"

"一定是来函照登，绝不是报社的采访稿。《文艺时评》上这种用六号铅字排印的投稿有的是。六号铅字几乎成了罪恶的集合体，仔细一查，多属谎言，有的竟是明目张胆的捏造。你要问为何要干这种愚蠢的事，其动机无非出于一种利害关系。因此，我在接触印有六号铅字的东西时，内容不好的大都扔进了故纸堆。这篇报道完全属于这一类，它是反对派的产儿。"

"为何不写你的名字，偏偏写上我的名字呢？"

与次郎沉吟了半晌，解释说："恐怕是这个原因，你是本科生而我却是选科生呀。"

然而这在三四郎看来，算不上什么原因，他依然有些迷惑不解。

"我不该用零余子这个蹩脚的名字，要是堂堂正正地写上佐佐木与次郎的名字就好了。实际上，那篇论文除了我佐佐木与次郎之外，谁也写不出来呀。"

与次郎一本正经，也许被三四郎夺去了《伟大的黑暗》一文的著作权，反而叫他有些难堪了。三四郎觉得这人真是岂有此理。

"喂，你对先生说了没有？"

"唉，关键就在这儿。《伟大的黑暗》一文的作者是你是我都没有什么。然而这事已经关系到先生的人格，所以不能不告诉他。先生是那样性格的人，如果给他说：'这事我一直不知道，也许搞错了，《伟大的黑暗》一文在杂志上刊登出来了，是化名，是先生的崇拜者写的，只管放心好啦。'那么先生也许听过就算了。可是这回却不能这样办。无论如何我得明确承担责任，要是一切顺利，我佯装不知，心情是愉快的，但事情搞砸了，我闷声不响，心中着实难受。首先，自己惹起了祸端，陷那位善良的人于苦境，我怎能平心静气地坐视不管呢？要弄清问题的是非曲直固然很困难，这暂且不论，我只觉得对不起先生，真是悔之莫及！"

三四郎首次感到与次郎还是一个值得钦佩的人。

"先生看过报纸了吗？"

"家里的报上没有登，所以我不知道。不过先生总要到学校阅读各种报纸的，先生即使没有看到，别人也会告诉他的。"

"这么说他已知道了？"

"当然知道了。"

"他没有对你说些什么吗？"

"没有。当然也未找到好好交谈的时机，所以什么也没有说。前些时候，我为演出的事儿四处奔走，因此……那演出也实在叫人生厌，也许已停止了。搽着白粉演戏，有什么意思呢？"

"要是对先生说了，你准得挨骂。"

"是会挨骂的，不过挨骂也没办法，只是对不起先生。我干了多余的事，给他招惹了是非。——先生是个没有嗜好的人，不喝酒，至于烟嘛……"

与次郎说到这里，半道上打住了。先生的哲学化作烟雾由鼻孔喷出来，日积月累，那烟量是相当大的。

"香烟倒是抽一些，此外再没有别的嗜好，不钓鱼，不下棋，没有家庭的欢乐——这是他最要命的一着。如果有个小孩子就好了。他的生活实在平淡无味啊！"

与次郎说罢，把两只胳膊交叉在胸前。

"本来想给先生一点安慰，稍稍活动了一下，不想出现这种事儿。你也到先生那里去一趟吧。"

"不光要去，我多少还担着责任，要去请罪呀。"

"你没有必要请罪。"

"那么就去解释一番吧。"

与次郎回去了。三四郎在床上翻来覆去睡不着，他觉得在家乡倒容易入梦。报上伪造的报道——广田先生——美祢子——迎接美祢子回家的漂亮男人——他受到了各种各样的刺激。

半夜里他睡着了。三四郎像平素一样按时起床，但很是疲倦。正在洗脸的时候，遇到了文科的同学，他俩仅有一面之识。这位同学向三四郎打了招呼，三四郎推测他可能读了那篇报道了。不过，对方当然有意避开这件事。三四郎也没有主动加以解释。

三四郎正在闻着热酱汤的香味时，又接到故乡母亲的来信，看样子照例写得很长。三四郎嫌换西装太麻烦，便在和服外面套上一件外褂，把信揣在怀里出去了。门外，地面上的薄霜闪闪发亮。

来到大街上，他看到路上的行人全是学生。大家都朝一个方向走去，而且脚步匆匆。寒冷的道路上充满了青年男子蓬勃的朝气。队伍中可以看到广田先生身穿雪花呢外套的颀长的身影。这位先生夹在青年人的队伍中，他的脚步显然落后于时代了。同前后左右的人比起来，显得十分缓慢。先生的身影消失在校门里了。门内长着一棵大松树，树枝扩散开来，像一把巨大的伞遮挡着校门。三四郎双脚抵达校门前时，先生的身影已经消失，迎面看到的只有松树以及松树上方的钟楼。这座钟楼里的大钟常常走时不准，或者干脆停摆。

三四郎瞅瞅门内，嘴里重复念了两遍"hydriotaphia"。这个词儿是三四郎所学外国语中最长最难记的一个。他还不懂这个词儿是什么意思，三四郎打算请教广田先生。过去他曾问过与次郎，得到的答复是"恐怕属于 de te fabula 之类吧"。但三四郎认为，这两者迥然不同。"de te fabula"看起来具有跃动的性质，"hydriotaphia"需要花工夫死记。他重复念着这两个词儿，脚步自然放慢了。从这个词的读音上看，仿佛是古人造出来专为广田先生使用的。

三四郎走进学校，看到众人的注意力都集中在他一个人身上，好像他真的是《伟大的黑暗》一文的作者。三四郎想到室外去，但外头很冷，只得站在走廊上了。他利用下课的间隙掏出母亲的来信读着。

　　"今年寒假一定要回来。"母亲在信上命令他。这和当年在熊本时一模一样。有一次在熊本还发生过这样的事：学校刚要放假时，母亲打来电报叫他回去。三四郎想，母亲一定是病了，急急忙忙奔回家去。母亲见了他欢天喜地，似乎说："我一切照旧，你能回来就好。"三四郎一问缘由，才知道母亲左等右等不见儿子回来，就去向五谷神求了个签儿。签上的意思说儿子已经离开熊本了。母亲放心不下，怕他途中有个好歹，这才打了电报。三四郎想起当时这件事，心想这次母亲说不定又去求神拜佛了。可是信上没有提五谷神之类的事，只是附带写了这样的话：三轮田的阿光姑娘也在等你回来。接着又不厌其烦地写着：听说阿光姑娘由丰津的女学校退了学，回家了；托阿光缝制的棉衣已经装进小包寄去了；木匠角三在山里赌钱，一次输掉了九十八日元……三四郎觉得太啰唆，随便看了一下。信上还告诫他：有三个汉子一起闯进来说要买山地，角三领他们到山上转了一圈儿，钱就被偷了。角三回到家，对老婆说，钱是不知不觉被偷的。于是老婆骂他，莫非吃了蒙汗药了。角三说，可不，是好像闻到了什么气味。但村里人都说角三在赌博时被骗走的。乡下尚且如此，你在东京可要十分当心啊……

　　三四郎卷起这封长信，与次郎来到身旁：

　　"嗬，是女人的信呀。"同昨晚相比，与次郎这会儿开起玩笑来兴致格外好。

"什么呀，是母亲写来的。"三四郎有些不悦，连同信封一起揣进怀里。

"不是里见小姐的吗？"

"不是。"

"喂，里见小姐的事听说了没有？"

"什么事？"三四郎反问道。

正巧，一个学生来告诉与次郎，说有人要买演出的戏票，正在楼下等着。与次郎旋即下楼去了。

与次郎从此消失了踪影，不管怎么找也找不到他。三四郎只得集中精力做好课堂笔记。下课以后，他遵照昨晚的约定到广田先生家里去。那里依然很宁静，先生躺卧在茶室里。三四郎向老婆子打听："先生是否身子不适？"老婆子回答："恐怕不是，昨晚先生回来得很迟，说是累了，刚一回来就睡了。"广田先生颀长的身躯上盖着一件小小的睡衣。三四郎又低声问老婆子："先生为何睡得那般迟呢？"老婆子回答："哪里，先生总是很迟才睡，不过昨天晚上倒没有看书，而是和佐佐木先生谈了很久的话呢。"利用读书的时间同佐佐木谈话，不能说明先生午睡的因由。但有一点是明确的，与次郎昨晚把那件事情对先生讲了。三四郎想顺便打听一下广田先生是如何训斥与次郎的，但又想老婆子未必知道，且当事人与次郎自己又躲了起来，实在没有办法。从与次郎那种高兴劲儿来看，也许不至于惹起大的风波。然而，三四郎到底摸不清与次郎的心理活动，他很难想象事情的真相究竟如何。

三四郎坐在长火盆前边，水壶嗞嗞地响着。老婆子很客气地退回女仆房间去了。三四郎盘腿而坐，双手罩在水壶上，等待着先生起来。先生睡得正香，三四郎的心情也变得宁静而轻松了。他用指尖敲击着水壶，随后倒出一杯开水，呼呼地吹了吹，喝了下去。先生侧身向里而卧，看来两三天之前已经理了发，头发留得很短，浓密的胡渣冒了出来，鼻子也朝向里边，鼻孔咝咝作响，睡得很安稳。

三四郎把带来准备归还的《壶葬论》拿出来阅读。他逐字逐句往下念，很难弄明白。书中写着把花扔进墓里的事，写着罗马人对蔷薇花颇为 affect。三四郎不懂什么意思，心想大概可以译作"喜欢"吧。还写着希腊人爱用 amaranth[1]，这个词义也不明白，反正是一种花的名字。接着再往下读，简直不知所云。他从书本上抬眼望望先生，先生仍然在酣睡。三四郎想，为啥要把这种难以理解的书借给自己呢？这样的天书既然读不懂，又怎能激起自己的兴味来呢？三四郎最后又想，广田先生毕竟是 hydriotaphia。

这当儿，广田先生忽然醒来了，他抬头望望三四郎。

"来多久了？"

三四郎劝先生再睡一会儿，自己这样等着并不觉得寂寥。

"不，我起来。"先生说罢就起来了，接着开始照例抽他的"哲学之烟"。在沉默的时候，那烟雾喷出来就像一根根的圆木棒。

"谢谢您，我来还这书。"

"唔——都看了吗？"

"看了，就是不大懂，首先这书名就不懂。"

1　像鸡冠花一类的观赏植物。

"Hydriotaphia。"

"是什么意思呢？"

"我也不知道是什么意思，反正是个希腊语吧。"

三四郎再也不想往下问了。先生打了一个呵欠。

"哦，真困，睡得好痛快，还做了一个有趣的梦哩。"

先生说他梦见了一个女人，三四郎以为他要谈谈做梦的事儿，不料先生竟提议要去洗澡，两人便拎着手巾出门了。

从浴池里出来，两人躺在旁边木板房里的器械上测量身长。广田先生五尺六寸，三四郎只有五尺四寸半。

"你说不定还在长呢。"广田先生对三四郎说。

"不会长了，三年来一直这么高。"

"是吗？"

三四郎心中猜测，先生简直把自己当作小孩子了。三四郎正想回去时，先生说："如果没有要紧事，不妨聊聊再走。"说罢打开门，自己先走了进去。三四郎正为那件事担着义务，所以也跟着进去了。

"佐佐木还没有回来吗？"

"今天他打过招呼说要晚些回来，最近好像一直为演出的事到处奔走，不知他是助人为乐还是生性好动，真是个做什么都不得要领的人。"

"他倒是很热情哩。"

"仅从目的上看也不乏热情，但头脑过于简单，做起事来不可指望。乍看起来好像颇得要领，甚至有些过头。但是越到后来就越不知他是从哪里得来的要领，简直是乌七八糟。不论你怎么说，他毫不改悔，只好听之任之。他这个人哪，生在这

227

个世界上就是为了惹是生非啊。"

三四郎觉得有些事还可以为与次郎申辩几句，然而眼下明摆着这样一个恶劣的事例，他只好作罢了。

"先生看到报纸上的报道了没有？"三四郎转变了话题。

"嗯，看了。"

"没有见报之前，先生丝毫不知道吗？"

"不知道。"

"您一定大吃一惊吧？"

"吃惊？——当然不能说完全没有，不过世界上的事都是如此，所以并不像年轻人那样大惊小怪。"

"叫您烦神了吧？"

"不烦神的事是没有的，然而像我这样久居人世而上了年岁的人，看了那样的报道并不会马上相信，所以也不像年轻人那样容易烦神。与次郎说了那么多不太高明的善后处理方法，什么报社里有熟人，可以托他们澄清事实真相啦；什么可以查明那篇稿子的出处加以制裁啦；什么可以在自己的杂志上予以反驳啦，等等。事情既然这样麻烦，当初不做这种多余的事岂不更好？"

"他完全是为先生着想，并无恶意呀。"

"要是有恶意那还了得？首先，既然为了我而开展活动，不征求我的意见，随便想出了方法，随便决定了方针，打从这一天起，就无视我的存在，一开始就存心捉弄我，难道不是这样的吗？我不明白，当我的存在不被人放在眼里的时候，我又如何能够保全我的体面呢？"

三四郎无可奈何地一直保持沉默。

"而且，写什么《伟大的黑暗》这种愚不可及的文章。——报纸上说是你写的，实际上是佐佐木写的，是吗？"

"是的。"

"昨晚佐佐木自己坦白了，你受连累啦。那种拙劣的文章，除了佐佐木还有谁能写出来？我也看了，既无切实的内容，风格也不高，简直就像救世军[1]的大鼓，使人觉得写这样的文章只是为了唤起人们的反应。通篇都是有意捏造而成。稍有常识的人一看就会明白，无非是为着实现某种目的罢了。因此也就很自然地联想起是我示意自己的门生写的了。读那篇文章的时候，当然也就认为报上的报道是言之有据的了。"

广田先生说到这里打住了，鼻孔里照旧喷着烟雾。与次郎说过，从这烟雾的喷出方式上可以察知先生的心情：浓密而笔直迸发出来的时候，也就是情绪达到了哲学最高峰之际；当和缓而又散乱地喷吐出来的时候，意味着心平气和，有时包含着冷嘲的内容；当烟圈在鼻下低徊，在口髭间萦绕的时候，是进入了冥想或者产生了诗的感兴。最可怕的是在鼻端盘旋不散，或者出现旋涡，这就意味着你将受到严厉的训斥。这些都是与次郎的说法，三四郎当然不以为然。但在这个当儿，他还是细心地观察着先生喷出的烟来。不过，他一直未看到与次郎所说的那种具有鲜明特点的烟雾，而只觉得各种各样的形状都具备一些。

三四郎一直诚惶诚恐地站在广田先生身旁，这时先生又开口了。

1　基督教的一个派别，1895 年在日本设立支部。

"过去的事就算了吧，佐佐木昨晚也深深地表示了歉意，所以今天又变得心情舒畅，像平时那样活蹦乱跳的了。不管私下里如何规劝他小心谨慎，他仍然若无其事地去兜售戏票，真拿他没办法呀！还是谈谈别的有趣的事吧。"

"嗯。"

"我刚午睡的时候，做了一个有趣的梦。你说怎么着，我竟突然梦见了生平只有一面之识的女子，简直像小说上写的故事一样。这个梦比报纸上的报道更叫人感到愉快呀。"

"哦，什么样的女子？"

"十二三岁，长得很漂亮，脸上有颗黑痣。"

三四郎听说十二三岁，有点失望了。

"是什么时候初会的呢？"

"二十年前。"

三四郎又是一惊。

"这个女子你还记得这般清楚呀！"

"这是梦，梦当然是清楚的了。因为是梦，所以出奇地好。我好像在大森林中散步，穿着那件褪色的西式夏装，戴着那顶旧帽。——当时我似乎在考虑一个难题。宇宙的一切规律都是不变的，而受这种规律支配的宇宙的万物都必然发生着变化。因此，这种规律肯定是存在于物外的。——醒来一想，觉得这个问题十分无聊，因为是在梦中，所以考虑得很认真。当我走过一片树林时，突然遇见那个女子。她没有走动，而是伫立在对面，一看，仍然是长着往昔那副面孔，穿着往昔那身衣裳，头发也是过去的发型，黑痣当然也是有的。总之，完全是我二十年前看到的那个十二三岁的女子。我对这女子说：'你一点也没有变。'于是她对我说:'你倒老多啦。'接着我又问她:'你怎么会一点没有变呢?'她说:'我最喜欢长着这副面容的那一年,穿着这身衣裳的那一月,梳着这种发型的那一天。所以就成了这个样子了。'我问:'那是什么时候?'她说:'二十年前和你初会的时候。'我说:'我为啥竟这样老?连自己都觉得奇怪哩。'女子解释说:'因为你总想比那个时候越来越美。'这时我对她说:'你是画。'她对我说:'你是诗。'"

"后来又怎么样了呢?"三四郎问道。

"后来嘛,你就来了呀。"先生说。

"二十年前她见到您并非是梦,而是确有其事吗?"

"正因为有这回事,才显得有趣呀。"

"在哪儿见的面?"

先生的鼻孔又喷出了烟雾。他望着这烟雾沉默了一会儿,然后讲下去。

"颁布宪法那年是明治二十二年吧?当时文部大臣森有礼被害,你或许还不记事儿吧。今年你多大了?是的,这么说当时你还是个婴儿呢。那时我是高中学生,听说要去参加大臣的葬礼,大家都扛着枪去了。原以为要去墓地,结果不是。体操教师把队伍带到竹桥内这个地方,就分别排在路的两旁了。于是我们都站在那儿,目送着大臣的灵柩。名为送别,实际上等着看热闹。那天天气寒冷,我还记得很清楚哩。一动不动地站着,脚冻得生疼。旁边一个男子盯着我的鼻子连说:'真红,真红。'不一会儿,送葬的人过来了,队伍真够长的。几辆马车和人力车冒着严寒打眼下静穆地走过去,车子上就有刚才说的那个小姑娘。现在要叫我回忆当时的场景,只觉得模模糊糊不很清晰了，唯独这个女子却还记得。不过，随着时光的过去，这记忆渐渐淡漠了，如今很少想起这件事来。今天梦见她之前，我简直把她忘记了。然而，她当时的模样竟在我头脑里刻下了深深的印记，一想起来就热辣辣的。你说怪不？"

"从那以后，再没有见过她吗？"

"从未再见过。"

"这么说您根本不知道她姓啥名谁啰？"

"当然不知道。"

"没有打听过吗？"

"没有。"

"先生为此……"刚一说到这里，三四郎就急忙煞住了。

"为此？"

"为此而不结婚了吗？"

先生笑了起来。

"我不是那种罗曼蒂克的人，我比你还要散文化得多呢。"

"不过要是她来了您总会娶她的吧？"

"这个嘛……"先生思索了一会儿，"也许会娶她的。"

三四郎显出一副同情的样子。这时，先生又说话了。

"如果我为此而不得不过独身生活的话，那么就等于说我因为她而变成了一个不健全的人。世界上固然有一生下来就无法结婚的不健全的人，但也有因为别的各色各样的情况而难于结婚的人。"

"世上有很多这种有碍于结婚的事情吗？"

先生透过烟雾端详着三四郎。

"哈姆雷特王子是不愿结婚的吧？当然，哈姆雷特只有一个，可像他的人却很多。"

"比方说是哪些人呢？"

"例如，"先生沉吟了一会儿，不停地喷着烟雾，"例如这里有一个人，父亲早死了，靠母亲一手养活长大。这位母亲身罹重病，临终时对儿子说：'我死了之后，你去投奔某某求他照应一下吧。'随后讲出了那人的姓名，而那个人竟是儿子既未见过面也不认识的陌生人，询问情由，母亲也不作答，再追问下去，母亲才用微弱的声音说：'他就是你的生身父亲。'——唔，这是随便说说，假如有了这样一位母亲，那么做儿子的对于结婚没有好感也就很自然了。"

"这种人究竟很少呀。"

"少是少，总归是有的。"

"不过，先生不是这种人吧？"

先生哈哈大笑起来。

"你的母亲想必还健在吧？"

"嗯。"

"父亲呢？"

"死了。"

"我母亲是颁布宪法的第二年死的。"

十二

　　演出是在比较寒冷的时节开始的。新的一年就要来临了。要不了二十天人们即将迎来新年。住在城里的人，一片繁忙。穷苦的人想的是如何熬过这个年关。演出在这个时候迎接的是那些悠闲自适、不知年始岁末有何差别的人。

　　看戏的人很多，大都是青年男女。演出的头一天，与次郎冲着三四郎高呼："获得了很大的成功。"三四郎手中有一张第二天的戏票，与次郎叫他邀请广田先生也去看看。三四郎问他票是否都一样，与次郎说："当然不一样了，但是丢下他不管，他决不会去的，所以你得拉他一起去。"与次郎说明了因由，三四郎同意了。

　　晚上到那里一看，只见先生正在明晃晃的油灯下面翻阅一本大书。

　　"先生不去看戏吗？"三四郎问。

广田先生微笑着，无言地摇摇头，像个小孩似的。然而在三四郎看来，这才是学者的风度，于沉默之中愈见高雅。三四郎欠着身子，茫然不知所措。先生拒绝了他的邀请，觉得有些过意不去。

"你要去的话，咱们一起走走，我也要到那边散散步呢。"

先生说罢，披着黑色的斗篷出去了。看不清楚他的双手是否缩到怀里。天空低垂着，不见一颗星星，气候寒冷。

"说不定要下雨。"

"一下雨就糟啦。"

"进出不便呀！日本的戏园子要脱鞋，天好的时候也极不方便。而且那样的小地方空气不流通，烟雾腾腾，叫人头疼。——大伙儿竟然能挺得住哩。"

"不管怎么说，总不能在外面演出吧？"

"祭祀的歌舞都是在露天表演的，天气再冷也是在外头。"

三四郎觉得不便争论，所以没有马上作答。

"我认为在室外演最好，不冷不热。在洁净的天空下边，呼吸着清凉的空气，观看着精彩的演出。这时候，戏也才能演得像空气那般透明、纯真而清新。"

"先生做的梦要是编出戏来，就会是这样的吧？"

"你知道希腊的戏剧吗？"

"不很清楚，大概是在露天演的吧？"

"是室外，而且是大白天。我想观众的心情也必然好。座位都是天然的石头，场面壮大。最好能叫与次郎这号人也到那种地方见识见识。"

又在说与次郎的坏话了。如今，这个与次郎正在小小的会场里拼命地奔波，多方斡旋，扬扬自得呢？真有意思。三四郎想，要不是邀请先生，他到底是不会来的。即使劝他："偶尔到这种地方看看，对先生来说还是大有好处的。"先生也绝对听不进去。最后先生肯定会叹息着道："真叫我为难啊！"……想到这些，三四郎觉得煞是有趣。

先生接着详细地讲述了希腊剧场的构造。此时，三四郎听先生解释了 théatron，orkhếstra，skēnē，proskếnion[1] 等词语的含义。先生还提到，据一个德国人说，雅典剧场的座席能容纳一万七千人，这还是小的哩，最大的能容纳五万人。入场券分象牙和铝做的两种，都像奖章一样，表面上饰有花纹或雕刻。先生连这种入场券的价钱都记得。他说，当日散场的小戏十二文，连续上演三天的大型戏剧三十五文。三四郎听了十分佩服。他嘴里不住地应酬着，不知不觉来到演出会场的前面。

电灯辉煌地照耀着，观众络绎不绝，这场景比与次郎说的还要热烈。

"怎么样？好容易走到这里，就请进去吧。"

"不，我不进去。"

先生又朝暗处走去。

三四郎好半天注视着先生的背影。他看到后来的人一下车便急忙进场，甚至来不及领取寄存鞋子的木牌。于是自己也匆匆入场，仿佛是被人簇拥着进来的。

入口处站着四个闲人，其中有个穿宽腿裤子的男子在收票。三四郎越过这个人的肩膀窥伺场内，会场骤然宽阔起来，

1　这几个词都是希腊语，意思分别为"观众席""合唱团""舞台"和"前台"（本来意思为乐池）。

灯光明亮。三四郎尚未着意寻找，已被人领到了自己的座位上。他夹在窄小的天地里，向四方环顾，五颜六色的衣饰使他眼花缭乱。不光是他自己的眼睛在动，观众身上那些数不清的色彩，也在广阔的空间里各自不停地随意闪动。

舞台上已经开始演戏了。出场的人物都戴着帽子，穿着鞋子。这当儿，一顶长轿抬上来了，有人站在舞台正中把轿子截住。轿子放下了，从里面出来一个人，这人拔刀就和挡住轿子的人一阵厮杀。——三四郎根本不知道这是怎么回事。他虽然预先听与次郎讲过这出戏的梗概，但当时没有在意，心想看了自然会明白的，所以就敷衍过去了。谁知一看，全然不懂。三四郎只记得与次郎讲过的大臣入鹿[1]的名字，心想究竟谁是入鹿呢？始终不敢肯定。因此，他只得把全台的人都当成入鹿了。于是，头上戴的帽子，脚上穿的鞋，身上的窄袖和服，以及使用的语言，统统都带上了入鹿的味道。说实在的，三四郎头脑里根本没有一个明确的入鹿的形象。他虽然学过历史，但那是很早以前的事，早把历史上的入鹿忘记了。三四郎觉得入鹿是推古天皇时代的人，又像是钦明天皇时代的人，但绝不是应神天皇和圣武天皇时代的。三四郎心中只是念叨着入鹿，他想，对于看戏只要了解这些也就够了。他凝望着富有中国风格的演员装束和舞台背景，然而故事情节他丝毫不懂。不久，幕落了。

这幕戏结束前不久，邻座的一个男子对他旁边的男子说："上场演员的声音就像父子俩在六铺席大的房间里谈话似的，

1　苏我入鹿，飞鸟时代的重臣，第三十五代皇极天皇时代，他扰乱朝政，杀死山背大兄（圣德太子之子），同年六月被中大兄皇子（即后来的天智天皇）和中臣镰足所杀。

太缺乏训练了。"听到他的批评，旁边的那人说："演员们的动作不够稳健，个个都显得慌里慌张的。"两个人都能叫出所有角色的名字。三四郎侧耳倾听他俩的谈话。他们的穿着都很考究，看来是有名望的人。不过三四郎想，他俩的批评要是叫与次郎听到了，准会表示反对的。这时，后面响起了喝彩声："好，好，太好啦！"两个男子回头望了望，就此停止了谈话。这时，幕落了。

　　场内有好多人离开了座位，从花道[1]到出口，人来人往，一片忙乱。三四郎欠起腰，向周围巡视了一遍，看不到有什么新来的人。说真的，他一直留意在演出中会不会有谁进来，结果没有看到，于是心中在嘀咕，也许趁着幕间进来吧。三四郎有些失望了，他无可奈何地把头转回了正前方。

　　旁边那两个观众看来交际很广，他们左顾右盼，不住地吐露一些知名人士的名字，说"某人在那里，某人在这里"。其中还有一两个人隔着很远的距离同他们互相致意。由于这两人的关系，三四郎知道了这些知名人士的妻子，其中也不乏新婚夫妇。邻座的人对此也很感兴趣，他不时地摘下眼镜一边揩拭一边望，嘴里叨咕着："原来如此，原来如此。"

　　这时，与次郎从垂挂着的布幕前边，由舞台的一端向另一端快步跑过来了。他跑了大约一多半的距离停了下来，微微探着身子，一边窥视着观众席，一边说着什么。三四郎顺着他的视线望过去，发现了美祢子的侧影。她坐在与次郎站着的那一列上，中间相距五六米的光景。

1　舞台旁边演员上场的通道，上面有时也可以演戏。

她的身旁坐着一个男子，脊背冲着三四郎这边。三四郎一心巴望那男子能趁势转过脸来。说也凑巧，那男子站起来了，看样子是坐累了，随即把腰靠在隔挡上，环顾着场内。此时，三四郎分明看到了野野宫君宽阔的前额和硕大的眼睛。在野野宫君站起来的同时，三四郎又看到坐在美祢子身后的良子的姿影。三四郎想弄个明白，除了这三个人之外，还有谁是同来的。然而远远望去，观众一个紧挨一个，要说同来，整个座席都像是同来的人，实在无法分清。美祢子和与次郎似乎交谈着什么，野野宫君也不时插上几句。

这当儿，原口先生突然从幕间走出来，同与次郎并肩站在一起，不住地向观众席上窥探着，想来嘴也是不停地动吧。野野宫君对他表示会意地点点头。其时，原口先生从后面用手拍拍与次郎的脊背，与次郎猛然转过身，钻进布幕底下，不知到哪里去了。原口先生走下舞台，穿过人群，走到野野宫君身旁。野野宫君站起来，让原口先生通过。原口一个纵身跳进人群，随即消失在美祢子和良子这一边。

三四郎注意这伙人的一举一动，比看演出还有兴致。此时他忽然羡慕起原口的作为来了。他丝毫未想到，原口竟能用简便的方法去接近人家，自己也想照样效法一下。不过，这样的念头哪里还有勇气实行？况且那里也许早已挤满了人，很难再插进去了。因此他依然坐在原来的位置上，一动未动。

这期间，幕拉开了，哈姆雷特出场。三四郎曾经在广田先生家里看到过西洋一位名优扮演哈姆雷特的剧照。如今，出现在他眼前的哈姆雷特，穿着和那照片大体相同的服装。不仅服装，就连脸型也相似，额上都描着"八"字。

这个哈姆雷特，动作轻捷，情绪开朗。舞姿大起大落，能主宰整个舞台。这同富有"能乐"特色的入鹿那场戏比起来，意趣完全不同。特别是有时候，有的场合，演员站在舞台中央，伸展双臂仰望天空的那个动作，给人以强烈的感染，使全场的观众再也无暇顾及其他的一切了。

台词使用的是日语，是从西洋语翻译过来的日语，语调抑扬合度而有节奏感，有的地方语言流畅而富有雄辩力。文字也很优美，但缺乏撼人的力量。三四郎认为，哈姆雷特的形象再稍微日本化一些就好了。当他念到："母亲，这样做不是对不起父亲了吗？"这时突然迸出"阿波罗"[1]之类的词儿，就使气氛骤然和缓下来了。可是在这当儿，母子俩的神情都像是在哭泣。三四郎只是朦胧地感到这种矛盾，他决没有勇气断定这是败笔。

因此，当三四郎对哈姆雷特发腻的时候，就去看美祢子，当美祢子躲在人影里看不见的时候，再去看哈姆雷特。

当戏演到哈姆雷特对奥菲利娅说"到修道院去，到修道院去"的时候，三四郎不由得想起了广田先生。因为广田先生说过："像哈姆雷特这样的人怎么能结婚呢？"可不是，阅读剧本时是有此种感觉的，但是看戏的时候觉得未尝不可以结婚。细想起来，"到修道院去"这种说法未免欠妥，被规劝到修道院去的奥菲利娅丝毫引不起观众的同情便是一个证据。

幕又落了。美祢子和良子离开了座位。三四郎也跟着站起来，他走到走廊一看，她俩站在廊子中央，正同一个男子谈

1　希腊神话中的太阳之神，哈姆雷特以此比喻自己勇武的父亲。

话。那人站在从走廊通向左侧的入口处，露出半个身子。三四郎一看这个男子的侧影就转身往回走，他没有返回座席，而是取出木屐到外面去了。

夜本来就很黑，三四郎走过被人为的灯火照亮的地方，发现似乎在下雨，风吹着树枝发出了响声。三四郎急急忙忙赶回寓所。

半夜里下起雨来了。三四郎躺在床上听着雨声，想起了"到修道院去"这句台词。他的思绪围绕着这句话循环往复。广田先生也许还没睡吧？先生如今在思虑些什么呢？与次郎一定是忘情地沉醉在《伟大的黑暗》之中了。……

第二天，三四郎有点发热，头脑昏沉，他没有起床，午饭是坐在床上吃的。接着又睡了一觉，这回出汗了，心绪颇为淡漠。这时，与次郎精神抖擞地闯了进来，说道："昨夜没看到你，今天一早也没有去上课，想必是不舒服了，我特来探望你。"三四郎表示感谢。

"唔，我昨晚去了，去了。你站在舞台上，隔得老远同美祢子小姐谈话，我都清楚地看见了。"

三四郎似乎有些神志不清，他一张口就说个不停。与次郎伸手按在三四郎的额头上。

"烧得好厉害哩，非得吃药不行，你感冒了呀！"

"剧场里太热，太亮，一到外边就又冷又暗，这样怎么受得了？"

"受不了也没有办法呀。"

"没有办法？那也不行。"

三四郎的话逐渐少了，与次郎心不在焉地应付着他，不知不觉地三四郎睡着了。过了一个小时的光景，他又睁开眼来。

"唔，是你在这里？"三四郎望望与次郎说。这阵子他倒像平常的那个三四郎了。与次郎问他感觉如何。他只回答说头昏。

"是感冒了吧？"

"是感冒了。"

两人都说了同样的话。

"喂，上回你不是问过我知不知道美祢子小姐的事吗？"过了一会儿，三四郎问与次郎。

"美祢子小姐的事？在哪儿？"

"在学校。"

"在学校？什么时候？"

与次郎似乎仍然没有回想起来，三四郎只得把当时的情况详细地做了说明。

"不错，也许有过这回事。"与次郎说。三四郎想，这人太不负责任了。与次郎显得有些抱歉，便极力回想着。不久，他说道：

"那么，什么事呢？是不是美祢子小姐出嫁的事呢？"

"定了吗？"

"听说定了，我不太清楚。"

"是野野宫君吗？"

"不，不是野野宫君。"

"那么……"三四郎欲言又止。

"你知道吗？"

"不知道。"三四郎只说了这一句。于是，与次郎稍稍凑了过来。

"我也不大清楚，不过事情倒挺怪的，结果如何，得过些日子才能有个眉目。"

　　三四郎只想叫与次郎把这件"怪事"尽早吐露出来，可他阴阳怪气地闷在肚子里不说，一个人独自沉沦在"不可思议"之中。三四郎忍耐了片刻，终于焦躁起来，他请求与次郎把美祢子的事毫无保留地讲出来。与次郎笑了，不知是为了安慰三四郎还是出于别的考虑，他竟然把话题扯远了：

　　"你真蠢，干吗思念那种女子，思念也没有用啊。第一，她不是和你同年吗？醉心于同年男子，那是过去的习俗，是卖菜姑娘阿七[1]那个时代的恋爱方式。"

　　三四郎默然不响。不过，他不太懂与次郎的意思。

　　"为什么呢？你把二十岁光景的一对同龄男女放在一起看看吧。女的处处能干，男的尽受愚弄。大凡女子，总不愿嫁给一个连自己都瞧不上的男人。当然，那种认为自己是世界上最伟大的人物又当别论。既然不愿嫁给自己瞧不起的男子，那就只有过独身生活，别无其他办法。有钱人家的姑娘不是有过这样的事吗？满心欢喜地出了嫁，却看不起自己的丈夫。美祢子小姐比她们要高尚得多。但是，她从未想过嫁给一个自己都不尊敬的男人，把他当作自己的丈夫伺候。所以倾心于美祢子小姐的人，必须想到这些。在这一点上，你我都没有资格做她的丈夫啊！"

　　三四郎终于和与次郎取得了一致的想法，他依然默不作声。

1　阿七是江户本乡追分地方的一个菜铺老板的女儿，她在一次大火中结识了躲在寺庙避难的少年，两人情投意合。她以为只要发生火灾，两人仍有缘再会，遂故意纵火，获罪身亡。井原西鹤的《好色五人女》以及净琉璃和歌舞伎中都描写过这个题材。

"不管是你还是我，就这样，都比那女子伟大得多。然而不经过五六年的时光，她就不会看到我们的伟大之处。但是她又不能坐等上五六年。因此，你要想同那女子结婚，简直是风马牛不相及的事。"

与次郎把"风马牛不相及"这句俗语用在了这种奇妙的地方。他说罢独自笑了。

"哪里，再过五六年，会出现比她更好的女子。在日本，现在是女的过剩。你感冒发烧也不顶事——世界大得很，不必担心。实话说吧，我也有过各种各样的经历。不过我心里腻烦，就说有事要到长崎出差去。"

"你这是说谁呢？"

"说谁？同我有关系的女人啊。"

三四郎不禁一惊。

"论起这女人，可不比你曾接触过的那类女人哩。我对她说，我要出差到长崎做霉菌实验，眼下不成呀。她当即表示要买苹果到车站为我送行。这叫我好不狼狈。"

三四郎越发感到惊奇，他问道：

"后来怎么样了呢？"

"我也不知道，说不定拎着苹果在车站等过我。"

"真作孽，竟干出这种缺德的事来。"

"我明知这样不好，叫人寒心，可又没有别的办法。打从一开始就逐渐被命运引入这样的地步。说实在的，我很早就成为一个医科大学生了。"

"什么呀，你这是故意扯谎骗人。"

"听着，还有好多有趣的事呢。那女子生病的时候，求我诊治，弄得我很难为情。"

三四郎觉得好笑。

"当时我给她看看舌苔，敲敲胸脯，好歹马虎过去了。谁知她又问我：'下回到医院找你看病，行吗？'真叫人没办法。"

三四郎终于笑出声来了。

"这种事儿有的是，你尽管放心好啦。"

三四郎不懂与次郎说的是什么意思，不过他倒挺快活。

与次郎这才开始介绍起有关美祢子的"怪事"来。据与次郎说，良子要结婚了，美祢子也跟着要嫁人。光这些也还罢了，但是良子要嫁的和美祢子要嫁的似乎是同一个男子，所以这就奇怪了。

三四郎也感到被愚弄了。良子的婚事倒是确实的，当时他在旁边亲自听说的。也许这件事与次郎误以为是美祢子了。然而，美祢子要结婚也并非完全谣传。三四郎一心想知道事情的原委，于是要求与次郎帮他出主意。与次郎一口应承下来，他说："叫良子来探病，你可以直接问问她。"三四郎觉得这办法很好。

"所以你得吃过了药等她来。"

"即使病好了我也躺着等她。"

两人笑着分手了。与次郎趁着回去的当儿，到附近替三四郎请了医生。

晚上，医生来了。三四郎因为从未请医生到家里看过病，一开始显得有些狼狈。诊过脉以后，这才发觉医生是个颇为谦恭的青年男子。三四郎评价他可能是代替主治医生出诊的。五分钟之后，确诊为流行性感冒。医生叮嘱道："当夜服一次药，尽量不要冒了风。"

翌日醒来，头脑轻快多了，躺着也像平素一样。只是一离开枕头，就有点恍恍惚惚。女仆进来说，房间里太气闷。三四郎连饭也没有吃，仰视着天花板，不时地迷迷糊糊睡着了。很明显，这是由于发热再加上疲倦的缘故。三四郎时睡时醒，他顺从着毫不加以抗争，尝到了一种顺应自然的快慰。他觉得病症逐渐减轻。

过了四五个小时，他有些无聊起来，不住地翻着身子。外面天气很好，日光映射着格子门，不停地移动着。鸟雀欢叫。三四郎想，与次郎要是今天也能来玩玩该多好。

这时，女仆打开格子门说有位女客人来访。三四郎没有料到良子这样快就来了。与次郎办事真够利索。他躺着，眼睛盯着半开的房门。一会儿，一个高高的身影出现在门口。良子今天身穿紫色的裙子，双脚并排站在走廊上，看样子，她对进不进来犯起了踌躇。三四郎抬起肩膀，叫了声："请进！"

良子关好门，坐到枕头边来。六铺席的房间本来就很乱，今天早晨又没有打扫，愈加显得狭窄了。

"你躺着吧。"良子对三四郎说。三四郎又把头枕到枕头上，自己觉得平静多了。

"房间里有股气味吧？"三四郎问。

"哎，有一点。"她说，但显得并不十分在意，"发烧吧？是什么病？医生来过没有？"

"医生昨晚上来的，他说是流行性感冒。"

"今天一大早，佐佐木君来说：'小川君病了，请你去看看他吧。不知是什么病，反正病情不轻。'我和美祢子小姐听了都大吃一惊呢。"

与次郎又在唬人了。说得不好听些，他是把良子给骗来了。三四郎为人老实，他觉得有些过意不去。"谢谢了。"他说罢躺下了。良子从包裹里取出一篮橘子。

"这是美祢子小姐嘱咐我买的。"良子直率地说。三四郎闹不清这究竟是谁送的，他对良子道了谢。

"美祢子小姐也想来的，无奈最近太忙了，她叫我问你好。……"

"她遇到什么事了，这样忙？"

"哎，她有事。"良子那又大又黑的眼睛凝视着枕头上三四郎的面孔。三四郎从下面仰望着良子白皙的额头，想起了在医院初次见到这个女子时的往昔情景来。她现在的神情依然显得那般悒郁，不过，她的心情是快活的。她把可以信赖的一切慰藉，都带到三四郎的枕边来了。

"给你剥个橘子吃吧？"

女子从绿叶间取出一颗水果来。焦渴的病人贪婪地吞下了那馨香甘美的汁液。

"好吃吗？是美祢子小姐送给你的呀。"

"够了。"

女子从袖口里掏出洁白的手帕擦着手。

"野野宫小姐，你的婚事怎么样了？"

"还是那样。"

"听说美祢子小姐也订婚了，是吗？"

"哎，已经定了。"

"对方是谁呀？"

"就是那个说要娶我的人，嘻嘻，挺奇怪吧？他是美祢子

小姐哥哥的朋友。我最近又得和哥哥搬一次家。美祢子小姐一
走，我不能再给人家添麻烦了。"

"你不出嫁吗？"

"只要有可意的，我就嫁。"

女子说罢，快活地笑起来。看样子，她还没有相中什么人。

从当天算起，三四郎接连四天未能起床。第五天，他壮着
胆子去洗澡，照了照镜子，发现自己有不祥之相，就决心去理
发。第二天是星期日。

早饭后，他多穿了一件衬衣，披上外套，觉得浑身不冷
了，便到美祢子家里去。良子站在门口，她正要走下台阶穿
鞋，说了声："我现在到哥哥那里去。"美祢子不在家。三四郎
同良子一起又走了出来。

"谢谢你，好多了。——里见到哪儿去了？"

"是里见哥哥吗？"

"不，美祢子小姐。"

"美祢子小姐到教堂去了。"

三四郎头一回听说美祢子上教堂。他向良子问清了教堂的
地址，同她告别。拐过三条横街，就出现在教堂前边了。三四
郎同耶稣教毫无关系，也从未进教堂里面看过。此时，他站在
前面，眺望着这座建筑，读了读说教的招牌，在铁栅栏旁边徘
徊，有时走过去张望一下。三四郎决心等美祢子出来。

不一会儿，响起了唱歌声，他想这就是"赞美歌"了。仪
式是在紧闭着的高高的窗户里举行的，从歌声听起来，人数不
少。美祢子的声音也夹在里面了。三四郎侧耳静听，歌声停歇
了，寒风吹过，三四郎竖起了外套的领子。天上出现了美祢子

喜欢的云朵。

他曾经同美祢子一起仰望秋空的情景，地点是在广田先生家的二楼。他曾在田野的小河边坐过，当时也不是孤单一人。迷羊，迷羊，云朵呈现出羊的形状。

教堂的大门忽然洞开，人们从里面走出来，从天国回归到了尘世，美祢子是倒数第四个出来的，她穿着条纹长呢大衣，低着头，由入口处的台阶下来。看样子，她有些冷，缩着双肩，袖着手，尽量减少同外界的接触。美祢子就这样平平静静地向门外走来。这时，她才察觉到外面嘈杂的人群，不由得抬起了头。于是，三四郎脱帽而立的身影映入了她的眼帘。两个人在说教的招牌前互相靠近了。

"怎么啦？"

"我刚到你家里去过。"

"是吗？好，咱们走吧。"

女子侧过身子要走，她依旧穿着低齿木屐。三四郎故意倚在教堂的墙壁上。

"在这里能看到你就行了，我一直在等你出来呢。"

"其实你进来也无妨，外头很冷吧？"

"是很冷。"

"感冒好了吗？不当心还会复发的呀。脸色仍然不很好呢。"

三四郎没有回答，他从外套的口袋里掏出一个纸包来。

"还你的钱，非常感谢。一直惦记着要还的，竟然拖延到今天。"

美祢子望望三四郎的脸，她没有拒绝，接过了那个纸包。她拿在手里端详着，没有马上收起来。三四郎也望着那纸包，两人默默无言。

"你手头不太宽裕呀。"过了一会儿，美祢子说。

"不，早就想还的，所以让家里寄来了，请你收下吧。"

"是吗？那么我收下了。"

女子把纸包揣进怀中，当那只手从大衣里伸出来的时候，捏着一块洁白的手帕。她用手帕捂着鼻子，打量着三四郎，似乎在闻着那手帕。不久，她突然伸手将手帕递到三四郎的眼前，一股浓烈的香气扑鼻而来。

"Heliotrope。"女子沉静地说。

三四郎不由得转过脸去。Heliotrope 牌的香水瓶子；四条巷的黄昏；迷羊，迷羊；天空高悬着的明丽的太阳。……

"听说你要结婚了。"

美祢子把洁白的手帕装进袖口。

"你知道了？"她眯细着双眼皮的眼睛，望着他的脸。这是一种想远远离开三四郎却又不忍离去的眼神。然而，唯有那双眉显得清秀而安详。三四郎的舌头紧贴着上颚，他再也无法说下去了。

女子久久地望着三四郎，微微地叹息着，声音几乎听不见。不一会儿，她用手罩在浓眉上方，说：

"我知我罪，我罪常在我前。"[1]

她的声音极其低微，叫人听不真切。不过，三四郎还是听清楚了。三四郎和美祢子就这样分手了。他回到寓所，接到了母亲打来的电报，拆开一看，上面写着："何时动身？"

---

1 《旧约·诗篇》第五十一篇第三节。

十三

　　原口先生的画完成了。丹青会把这幅画悬挂在第一展室的正面，并在前面摆上了长椅子，既可供人休息，也可供人观画，还可以休息兼观画。丹青会把方便给了那些在这幅画前流连忘返的众多的参观者，这是一种特别的待遇。有的说，这是因为这幅画画得特别出色；有的说，画面上的题材很能引人注目；少数的人干脆说，那是因为画了个女人。一两个会员申辩道，这都是因为这幅画很大的缘故。这幅画的确很大，镶嵌在边缘足有半尺多宽的镜框里，看上去实在大得令人吃惊。

　　展览会开幕的前一天，原口先生曾经来检查过一次。他坐在椅子上，叼着烟斗，久久地凝视着。不一会儿，他又霍然地站起来，到场内仔细地巡视了一下，接着又回到长椅上，悠悠地抽起了第二锅烟。

　　从开幕那天起，人们就聚拢在这幅题为《森林之女》的画像前面。那排特意设置的长椅反倒成了多余的东西。只有那些看画看累了的人才坐到上面休息。然而，就是这些观众，也是一边休息，一边品评着《森林之女》。

美祢子跟着她的丈夫第二天就来了，原口先生陪伴着他们。当走到《森林之女》前边的时候，原口望着他俩问："怎么样？"丈夫说，"很好。"他透过眼镜仔细端详着画面。

"这种用团扇遮面的站立姿势太美了。真不愧出自专家之手，能够敏锐地掌握这个特点，人物面部的明暗度也恰到好处。阴影和光亮的地方界线分明——光是脸孔就富有非常奇妙的变化。"

"这全凭人物自身的魅力，并非我的功劳。"

"多谢你啦。"美祢子向原口致意。

"我也要感谢你呢。"这回该原口向美祢子致意了。

做丈夫的听说是妻子的功劳，颇为得意。三个人中最诚挚地表示感谢的当数这位丈夫。

开幕后头一个星期六的下午，一次来了好多人。——其中有广田先生、野野宫君、与次郎和三四郎等人。四个人暂不去看其他展品，他们首先进入《森林之女》这个展室。与次郎说："就是那个，就是那个。"人们一齐聚拢过来。三四郎在门口稍稍犹豫了一下，野野宫君倒是坦然地走了进去。

三四郎只是躲在众人后面瞟了几眼就退下来了，他坐在长椅上等着大家。

"真是一幅非凡的杰作啊！"与次郎说。

"听说要叫佐佐木买下来呢。"广田先生说。

"与其我买……"与次郎说了半截，一看三四郎冷漠地靠在长椅上，便闷声不响了。

"设色也很洒脱自然，真是一幅力作。"野野宫君评论道。

"似乎太纤巧了些，难怪他自己也承认画不出像咚咚的鼓声那样的画来。"广田先生品评说。

"什么叫咚咚的鼓声那样的画呀？"

"就是像鼓声那种稚拙而富有意趣的画。"

两人笑了。他们只是着眼于技巧，与次郎却提出了不同的看法。

"只要给里见小姐画像，不管是谁也画不出稚拙的意味来啊。"

野野宫君想在目录上标明记号，他伸手到口袋里摸铅笔，铅笔未找到，倒掏出一张铅印的明信片。一看，是美祢子举行婚礼的请帖。婚礼早已过去了，野野宫君和广田先生都穿着礼服出席了。三四郎返回东京那天，看到寓所的桌子上摆着这样的请帖，日期早已过了。

野野宫君把请帖撕得粉碎扔在地上。不一会儿，他和先生一起品评其他的画来。与次郎独自走到三四郎身旁。

"这《森林之女》你以为如何？"

"《森林之女》这种题名不太合适。"

"那么叫什么好呢？"

三四郎未作回答，嘴里只是喃喃自语：迷羊，迷羊。

译后记

夏目漱石是日本近代优秀的批判现实主义作家。他原名夏目金之助，1867 年生于江户（今日本东京）的一个仕宦家庭，少年时代受过汉学教育，二十七岁时，以优异的成绩毕业于当时的东京帝国大学英文系。后来，转到地方中学当教员，在大学同学、著名诗人正冈子规的影响之下，开始写作俳句，成就斐然，为他以后的文学活动，奠定了坚实的基础。

1900 年，夏目漱石官费留学英国，在伦敦住了三年，目睹了"大英帝国"日趋没落的社会现实，促使他对祖国的命运更加关切。1903 年，他回国后，在东京第一高等学校及帝国大学任教，对明治时代日本教育界的虚伪与冷酷，有了更深一步的认识，孕育了"漱石文学"对日本近代社会强烈的批判精神。

1905 年，夏目漱石发表了他的第一部讽刺小说《我是猫》，用幽默而辛辣的笔触，揭露了丑恶的社会现实，倾吐了作家郁积日久的不满和愤恨。以《我是猫》为起点，夏目漱石正式走上了文学创作的道路，凭着冷静的头脑和犀利的笔触，向日本当权者勇猛地开战，为日本近代文学建立了不朽的功绩。夏目漱石卒于1916年，虽然只活了五十岁，但他在生前就获得了极高的声誉。天皇政府曾经打算授予他博士的学位，遭到他毅然的拒绝，表现了一个正直的作家的高尚品格。夏目漱石在短暂的文学生涯中，写下了《我是猫》《哥儿》《草枕》《三四郎》《从此以后》《门》《心》《明暗》等数十部颇具特色的作品，为日本文学增添了光彩。至今，"漱石文学"仍然以它深厚的思想性和高妙的艺术性，在世界文学史上占有一席重要的地位，受到各国读者的广泛欢迎。

　　《三四郎》（1908）、《从此以后》（1909）、《门》（1910），是夏目漱石中期创作的小说，通称"前三部曲"。这三部作品的主人公及故事情节虽然各不相同，但在主题思想上却有着内在的联系。小说《三四郎》描写青年主人公小川三四郎，由故乡熊本高中毕业后考入东京帝国大学，在同学校和社会上各方面人士交往的过程中，他对一切都感到新鲜，相比之下，自己过去的乡间生活显得多么闭塞而又贫乏。在大学里，三四郎遇到了同乡野野宫宗八。他是个知名的物理学家，每天钻在地窖里埋头于科学研究，对交友和恋爱都不感兴趣。三四郎的同窗佐佐木与次郎，是个热爱文学、精力充沛的青年，但又不免流于肤浅。他还结识了少女美祢子，生活中充满了绮丽的幻想，他爱慕她，却又不敢对爱情采取积极的态度。美祢子是个富有教养的新型女性，她天真热情，具有独立的判断事物的能力。但她又看不起平民出身的三四郎，终于同一个上流社会的男人结了婚。作品还塑造了自由主义者广田先生的形象，他清高自诩，卓尔不群，对待人生和社会始终抱以高蹈的批判目光。从广田先生这个人物身上，读者可以窥见作家本人的影子。《三四郎》这部小说，反映了日俄战争后，日本经济大发展时期，知识分子相对稳定的生活，以及他们在步入冷酷的社会现实之前那种犹豫不决的精神状态。

《从此以后》的主人公长井代助是一个无职业的"高等游民"，他头脑聪敏，对现实社会抱有清醒的认识。他认为在那样的社会里，职业只会使人堕落。他的朋友平冈本是个具有理想的实干家，但在现实面前累遭厄运，生活困顿，精神上一蹶不振。平冈的妻子三千代，婚前原是代助的女友，代助看到平冈很爱她，便成全了他们。三年之后，代助发现自己的这一行为并未能给三千代带来什么幸福，便毅然拒绝了父兄通过金钱关系为他包办的婚姻，下决心与三千代一起共同创立新的生活。如果说《三四郎》中的广田先生对社会的批判只停留在一般的议论和冷眼旁观的立场上，那么，到了《从此以后》，作者便让自己的人物置身于社会生活的激流之中，使得这种批判更深入、更直接了。在这部作品里，作者通过主人公长井代助之口，对世态的冷酷、道德的沦丧、精神的堕落，给予有力的控诉，无情地嘲笑了统治阶级被幸德秋水等进步人士的革命活动吓破了胆的虚弱本质，成功地塑造了一个勇于向封建道德习俗挑战、勇于探索未来的觉醒了的知识分子形象，具有一定的典型意义。

继《从此以后》之后，夏目漱石于1910年创作了"前三部曲"的最后一部作品《门》，反映了作家精神上的苦闷与动摇。这部小说描写野中宗助和阿米夫妇惨淡的人生际遇，充满了悲凉和绝望的气氛。这一方面固然由于当时发生了"大逆事件"，给作家的创作造成了沉重的压力；另一方面也说明作家一旦放弃冷眼旁观的立场，试图正视黑暗的社会现实时，又不免流露出无能为力的消极情绪。

陈德文

图书在版编目（CIP）数据

三四郎／（日）夏目漱石著;陈德文译.—桂林:广西
师范大学出版社，2020.7
ISBN 978－7－5598－2905－4

Ⅰ.①三… Ⅱ.①夏… ②陈… Ⅲ.①长篇小说－日
本－近代 Ⅳ.①I313.44

中国版本图书馆 CIP 数据核字（2020）第 094438 号

出 品 人:刘广汉
责任编辑:刘　玮
助理编辑:陶阿晴
装帧设计:李婷婷
广西师范大学出版社出版发行

（广西桂林市五里店路9号　　　邮政编码:541004）
（网址:http://www.bbtpress.com　　　　　　　　）

出版人:黄轩庄
全国新华书店经销
销售热线:021－65200318　021－31260822－898
山东韵杰文化科技有限公司印刷
（山东省淄博市桓台县桓台大道西首　邮政编码:256401）
开本:890mm×1 240mm　　　1/32
印张:8.125　　　　　字数:173 千字
2020 年 7 月第 1 版　　　2020 年 7 月第 1 次印刷
定价:48.00 元

如发现印装质量问题，影响阅读，请与出版社发行部门联系调换。